GABRIEL FELTRAN
MICHEL MISSE

MUNDO DO CRIME

COLEÇÃO DOIS PONTOS

mórula
EDITORIAL

ORGANIZAÇÃO DA COLEÇÃO
ALEXANDRE WERNECK
EUGÊNIA MOTTA

REVISÃO
MARILIA PEREIRA

PROJETO GRÁFICO
PATRÍCIA OLIVEIRA

CIP-BRASIL. CATALOGAÇÃO NA PUBLICAÇÃO
SINDICATO NACIONAL DOS EDITORES DE LIVROS, RJ
Elaborado por Gabriela Faray Lopes – CRB 7/6643

F374m

Feltran, Gabriel
Mundo do crime / Gabriel Feltran, Michel Misse; organização Alexandre Werneck, Eugênia Motta. - 1. ed. - Rio de Janeiro: Mórula, 2024.
104 p. ; 19 cm. (Dois pontos ; 2)

Inclui bibliografia
ISBN 978-65-6128-000-6

1. Música – Crítica e interpretação. 2. Música – Aspectos sociais. 3. Sociologia urbana. I. Misse, Michel. II. Werneck, Alexandre. III. Motta, Eugênia. IV. Título. V. Série.

24-87964 CDD: 780.9
CDU: 316:781.68

Rua Teotônio Regadas 26 sala 904
20021_360 _ Lapa _ Rio de Janeiro _ RJ
www.morula.com.br _ contato@morula.com.br
/morulaeditorial /morula_editorial

A REALIDADE DO CRIME

SOBRE *TÔ OUVINDO ALGUÉM ME CHAMAR*, DOS RACIONAIS MC'S

GABRIEL FELTRAN

A letra do rap "TÔ OUVINDO ALGUÉM ME CHAMAR" foi composta por Mano Brown e musicada pelos Racionais MC's. Vindo a público no aclamado álbum "Sobrevivendo no Inferno", em 1997, o poema conta uma trajetória de vida. Diferentes cortes temporais organizam as cenas, fazendo-nos perceber aos poucos que o eu lírico da música, cujo nome não conhecemos, está entre a vida e a morte. É dessa situação liminar, reflexiva por definição, que ele nos narra sua história, e em especial sua vida no crime. De um lado está a lembrança de seu irmão, de quem sempre foi distante, e que estudou e constituiu família; de outro, Guina, seu maior parceiro e referência existencial no universo do crime. A entrada do eu lírico nesse mundo, a admiração por Guina, três dos assaltos que cometeram juntos, bem como as intrigas que o fizeram ser baleado com a arma que ele próprio havia dado de presente ao amigo, embalam o enredo.

Se o rap é a crônica da realidade periférica, como se diz muito, surgiu entre os ouvintes dos Racionais MC's uma curiosidade real, após o lançamento de "Tô ouvindo alguém me chamar", no final da década de 1990: "E esse Guina aí da música, era parceiro do Mano Brown mesmo?"[1]. Boatos circularam aos montes nas favelas e cadeias, mas também nos setores das classes médias e elites que passaram a ouvir os Racionais, justamente nessa época. Era meu primeiro ano de vivência cotidiana

1 Minha primeira conversa com Henrique Takahashi, hoje autor experimentado na análise do rap dos Racionais, começou com uma pergunta dele para mim, ainda em 2009: "Você que anda em periferia: isso que os caras cantam no rap é real mesmo?". Ver sua reflexão em Takahashi (2015).

nas periferias de São Paulo. "Claro que era parceiro dele", uns diziam. "Pode ver 'A vítima', do Cocão, que fala do acidente que ele teve, aquela outra que fala da morte do Delei ["A fórmula mágica da paz"], tudo real...". O próprio Brown já havia dito que a letra sobre Guina tinha sido inspirada em fatos reais. "Nada a ver", outros diziam: o próprio Brown já teria afirmado, também, que Guina era um personagem de ficção.

Sete anos se passaram até que a controvérsia parecesse estar esclarecida. Por volta de 2005, Guina apareceu em carne e osso, contando sua história nas igrejas evangélicas de São Paulo. Seu relato era o de um ex-integrante dos Racionais MC's, agora convertido ao pentecostalismo. O suposto personagem da canção mitológica gravou então testemunhos sobre sua vida e, em 2006, eles viralizaram no mercado religioso. Na rua Conde de Sarzedas, dedicada ao comércio evangélico na capital paulista,

> Em meio a livros de autoajuda, Bíblias, discos de "louvor a Deus" com ritmos de rock, sertanejo, forró, axé, rap, transeuntes podem, por exemplo, comprar, vendidos em CDs e DVDs, a história do Guina, "ex-Racionais Mc's", em que poderão ver e/ou ouvir "um testemunho verídico de um homem que viveu no submundo do crime e das drogas, mas através do evangelho

> de Cristo conheceu a verdade e hoje convicto de sua escolha, conta a sua história de vida" (Côrtes, 2012, p. 110).

Ao menos durante outros seis anos, esse Guina arrastou fiéis em igrejas de todo o Brasil. Alguns desconfiavam de suas histórias. O suposto ex-integrante do grupo dizia que havia ficado dois dias morto, em uma câmara refrigerada, e voltado à vida; que havia tomado 40 tiros da cintura para baixo e que então estava perfeito. Isso não era o mais grave: ele recitava versos da música que o exaltavam, parecia feliz demais com a fama. Sua atitude não combinava com a descrição da canção, do cara que é "proceder"[2] puro – portanto, necessariamente humilde. Outros sabiam que para Deus não havia limite, que milagres aconteciam todo dia. Guina estava lá, "vivão e vivendo".

Era ele mesmo? Guina realmente existiu? O rap é mesmo a crônica da realidade? E quanto à sociologia, à etnografia? Qual a relação dessas narrativas com o real? Esses são os motes do ensaio a seguir.

---

2 "Proceder" é a conduta considerada correta, "pelo certo", nas periferias e no universo criminal. Como nesses espaços não se usam códigos prescritivos, há sempre debate retrospectivo e avaliativo sobre as condutas tomadas por uns e outros. Daí o papel central da honra e dos rumores como modo de construir reputações.

PREMISSAS

Aí, mano, o Guina mandou isso aqui para você!

Depois do *sampler* com essa frase, Mano Brown inicia a letra de "Tô ouvindo alguém me chamar", quarta música de "Sobrevivendo no Inferno", álbum dos Racionais MC's de 1997. Raros produtos culturais marcam época e se mantêm vivos ao longo do tempo. "Sobrevivendo no Inferno" é um deles. O disco vendeu mais de 1,5 milhão de cópias por um selo independente, entre milhões de exemplares piratas, logo após seu lançamento. Tornou-se base da leitura de mundo de uma geração inteira das periferias urbanas, nos 27 estados da federação, e circulou para muito além delas. Mais de duas décadas depois de ter sido lançado, segue sendo aclamado pela crítica musical e literária (Garcia, 2011; 2013), tendo sido recentemente publicado como livro (Oliveira, 2018). Os conteúdos de suas letras e a forma do rap têm sido discutidos nos estudos urbanos, na literatura e na linguística, bem como nas áreas de relações raciais, violência, juventude e religião, dentro e fora do Brasil (Caldeira, 2006; Feltran, 2013; Gimeno, 2009; Hirata, 2010; Marques, 2013; Takahashi,

2015, 2017). "Sobrevivendo no Inferno" recentemente se tornou também leitura obrigatória do vestibular da Universidade Estadual de Campinas (Unicamp), uma das mais prestigiadas do país.

O título do álbum foi, nesses longos anos de transformações intensas das cidades brasileiras, progressivamente se tornando um meta título. Mais de duas décadas depois de ter sido lançado, o inferno invocado pelos Racionais (a vida do jovem negro nas periferias de São Paulo) mudou radicalmente. Naquele momento originário, o Primeiro Comando da Capital (PCC) apenas se insinuava nas quebradas e ali se estabeleceu para delas ganhar fronteiras, portos, aeroportos e o mundo. O consumo global chegou às favelas, e "lá também tem whisky, Red Bull, tênis Nike e fuzil", como o próprio grupo cantaria mais tarde na canção "Negro drama", mas há também celulares e TVs de última geração. Muitas políticas sociais chegaram, uma parte significativa das periferias acessou o consumo e níveis um pouco melhores de educação. Falava-se de uma "nova classe C" no Brasil, uma classe média oriunda das periferias.

O fundão das favelas continuava – e continua – desolador, entretanto: criminalização, encarceramento, conflitos internos ao crime, violência e extorsão policial, mortes prematuras, famílias destroçadas. É ali no fundão das favelas, onde vivem os grupos mais pobres da população, que há gerações reproduz essa pobreza em ciclo infernal, que constroem as estatísticas criminais no Brasil. Era dali, portanto, que surgiria a reação mais notável a esse estado de coisas, nos anos 1990: tanto a emergência do rap nacional quanto a expansão do mundo do crime como instância ordenadora da vida social nas periferias, porque ordenadora da violência nas favelas (Feltran, 2010c) vêm e se concentra no fundão dessas localidades. "Voz da favela, e faz parte dela", como diz a reivindicação política de seus representantes. Nos anos 1990 e 2000, para os de fora, a violência criminal era o inferno; a violência legítima era a do Estado. Para os de dentro, a violência policial era o inferno; a violência legítima era a do PCC.

As taxas de homicídio, que subiam havia 15 anos sem trégua em São Paulo até 1997, deixando corpos de jovens negros, trabalhadores precários dos mercados ilegais, estirados nas vielas, despencaram na década seguinte. A "Fórmula mágica da paz", cantada pelos Racionais no mesmo álbum de 1997, parece ter sido realmente encontrada em São Paulo (Feltran, 2010; 2013; 2019b). Muitos riram, mas era mesmo melhor "não desacreditar": há hoje muito mais sobreviventes, em São Paulo, do que havia antes.

Haveria reação a essa expansão do crime, claro. As polícias militares, então totalmente deslegitimadas nas periferias, passaram a construir uma contranarrativa pública concentrada nos setores mais abastados do mundo popular: justamente a "nova classe C", ou "nova classe média" que surgiria na virada para os anos 2010. Era preciso separar, nas periferias, quem é "trabalhador" e quem é "bandido". As igrejas reivindicaram ser um critério objetivo dessa distinção. Aqueles que nos últimos anos estavam quase de volta à pobreza – de onde nunca haviam saído? – gostaram da distinção. Policiais, por isso mesmo, começaram a integrar as igrejas, mas também os grupos de *WhatsApp* religiosos, depois dos bairros de operários e de classe média, todos agora empreendedores. Era preciso reagir frente aos bandidos, mas também frente àqueles que os representam (Feltran, 2007; 2011b). Policiais evangélicos ganharam eleições para Conselhos Tutelares, conselhos de direitos, associações de moradores, e foram para a política nos anos 2000. Anos mais tarde, ganharam eleições municipais na periferia. Em 2018, finalmente, candidatos policiais ganharam eleições no nível estadual e, contra as expectativas dos analistas, também no plano federal.

Por outro lado, o inferno da experiência cotidiana periférica no fundo das favelas, de morte violenta iminente na mão de ladrão ou de polícia, deixou de ser apenas paulista e carioca. Nas duas últimas décadas, se tornou muito mais presente também nos outros estados da federação, acompanhando o crescimento dos mercados ilegais. Homicídios explodem no Nordeste e no Norte do país durante os anos 2010, em especial em áreas de interesse para esses mercados em suas modalidades mais pujantes, de cocaína e armas (Feltran, 2019a). A carne negra continua barata no Brasil, embora o "extermínio da juventude negra" esteja "temporariamente bloqueado" em São Paulo, como o poeta afirmou certa vez, para completar em seguida: "nos outros estados temo que a solução seja essa também"[3].

* * *

3 Numa entrevista de 2009, Mano Brown (vocalista e compositor dos Racionais MC's) foi perguntado sobre o "extermínio de jovens nas periferias", e respondeu: "O extermínio de jovens nas periferias... [pausa]. Eu sou paulista, certo? O conhecimento que eu tenho, profundo, é sobre São Paulo. E em São Paulo hoje existe um movimento diferente. Esse extermínio foi temporariamente bloqueado. Por leis que não são do governo. São de um outro governo. E em outros estados eu temo que a solução seja essa também. O governo não conseguiu fazer uma ação concreta para o problema da segurança. E o crime organizado conseguiu". [O repórter não entende do que Brown falava, e prossegue assim:] "Na sua opinião, Brown, o que mudou nesses últimos oito anos?" [referindo-se, no contexto, ao Governo Lula]. A resposta é inesperada para ele: "O surgimento do PCC". Disponível (*on-line*) em: http://www.youtube.com/watch?v=PQ4dP2evx9w , consultado em outubro de 2019.

Este ensaio dá sequência a uma série de inquietações teóricas sobre a realidade, a etnografia e a ficção com as quais venho lidando nos últimos anos (Feltran, 2010b; 2018; Bertelli; Feltran, 2017). Para colocá-las em relação, tomo aqui um objeto comum à sociologia, à etnografia e às expressões artísticas: um olhar para a expansão do mundo do crime nas periferias urbanas, em meio às transformações da dinâmica social e política nas últimas décadas. A tradição sociológica paulista pensou a espoliação urbana (Kowarick, 1980), a crítica à razão dualista (Oliveira, 1981) e as matrizes discursivas de um movimento político virtuoso vindo das periferias (Sader, 1988), até os anos 1990, para depois se concentrar na sociabilidade urbana entre o legal e o ilegal (Telles, 2010). As etnografias urbanas pensaram a migração (Durham, 1973), a cidade de muros (Caldeira, 2000), os territórios como "pedaços" (Magnani, 2002) e as fronteiras de tensão entre cidadania e violência (Feltran, 2011; Hirata, 2010). As narrativas marginais da literatura e da música lançaram foco na violência e na identidade periférica como identidade política (Pardue, 2011). Mais adiante, também no consumo e num projeto de ascensão via mercado (Feltran, 2014).

Não é nada original tomar a produção estética de uma época como ponto de partida para o ensaio sociológico como faço aqui (Arendt, 2001[1958];

2008[1968]; Candido, 1976; Fridman, 2014; 2015; Jackson, 2011; Rancière, 2005). O que talvez seja um pouco diferente é esperar que o resultado compreensivo seja consequência de tomar um objeto comum – a expansão do mundo do crime nas transformações das periferias paulistas – e o submeter a quadros analíticos formalmente desiguais: os da sociologia, da etnografia e do poema. Esperar, porque só os efeitos dessa tentativa para o conhecimento de quem lê é que poderão demonstrar se valeu à pena. Assumo que essas formas são igualmente válidas para compreender "a realidade" das periferias.

Essa igualdade na validade não está no ponto de chegada, ou seja, nos critérios de validação da análise construída por cada perspectiva formal. Não é igualdade reificada em forma nem em conteúdo[4]. A igualdade é na validade, no estatuto

4 Hannah Arendt afirma que "embora o mundo comum seja o terreno comum a todos, os que estão presentes ocupam nele diferentes lugares. (...) Ser visto e ouvido por outros é importante pelo fato de que todos veem e ouvem em ângulos diferentes. É este o significado da vida pública. (...) Nas condições de um mundo comum, a realidade não é garantida pela 'natureza comum' de todos os homens que o constituem, mas sobretudo pelo fato de que, a despeito de diferenças de posição e da resultante variedade de perspectivas, todos estão sempre interessados no mesmo objeto. Quando já não se pode discernir a mesma identidade do objeto, nenhuma natureza humana comum, e muito menos o conformismo artificial de uma sociedade de massas, pode evitar a destruição do mundo comum" (Arendt, 2001[1958], p. 67).

produtivo ao conhecimento. Se fazem sentido, sociologia, etnografia e poesia são igualmente formas compreensivas "do real" e igualmente autorais, arbitrárias, subjetivas. Porque evidentemente o real existe, embora seja tão diferente em cada perspectiva, submetido a cada subjetividade, a cada arbítrio. Diferencialmente, portanto, o real existe realmente, em cada situação (Drummond de Andrade, 1991; Simmel, 2009[1908]). As formas que conseguem traduzir essa realidade cumpriram com sua tarefa epistemológica.

Que aprendizados têm o etnógrafo urbano e o sociólogo do conflito político brasileiro ao produzirem uma equivalência entre suas narrativas racionais e as formas poéticas dos Racionais, que, tanto quanto sua própria, descrevem, analisam e, ao fazê-lo, também produzem "a realidade" que eles enxergam? Neste texto, tento descrever meus aprendizados quando me encontrei com o poema de Mano Brown, musicado pelos Racionais há mais de duas décadas.

O TIPO IDEAL DA TRAJETÓRIA NO CRIME

Divido aqui o poema "Tô ouvindo alguém me chamar" em cinco partes, que nos ensinam coisas diferentes sobre a realidade do crime. Reorganizo o poema na ordem cronológica dos fatos que ele narra, apenas para facilitar minha exposição analítica:

O GUINA COMO FRONTEIRA

As batidas de KL Jay, o DJ dos Racionais, produzem um clima sonoro de tensão, e vem a frase introdutória, dizendo que Guina nos manda algo, por alguém que se aproxima de forma ameaçadora. A frase se dirige ao eu lírico, mas nós, ouvintes do rap, escutamos a mesma coisa que ele: "Aí, mano, o Guina mandou isso aqui para você!". A frase também se dirige a nós. "Minha palavra vale um tiro/eu tenho muita munição", já explicou a música anterior, do mesmo álbum, intitulada "Capítulo 4, versículo 3". Guina manda tiros para o eu lírico, e um rap para os ouvintes.

Esse eu lírico, que chamarei aqui de Ice Rock, em homenagem a outros dois integrantes dos Racionais, conhece bem a arma que está na mão do moleque que dispara contra ele. Ensanguentado no chão, "passa um filme [em sua] mente":

> Tô ouvindo alguém gritar meu nome
> Parece um mano meu, é voz de homem
> Eu não consigo ver quem me chama
> É tipo a voz do Guina
> Não, não, não, o Guina tá em cana
> Será? Ouvi dizer que morreu, sei lá
> Última vez que eu o vi, eu lembro até que eu não quis ir, ele foi
> parceria forte aqui era nós dois
> Louco, louco, louco, e como era
> Cheirava pra caraio, vixe, sem miséria
> Doido ponta firme
> Meu professor no crime
> Também... mó sangue frio, não dava boi pra ninguém
> Puta, aquele mano era foda
> Só moto nervosa
> Só mina da hora
> Só roupa da moda
> Deu uma pá de blusa pra mim
> Naquela fita na butique do Itaim
> Mas sem essa de sermão, mano, eu também quero ser assim
> Vida de ladrão não é tão ruim

Guina sintetiza na letra muitos dos elementos fundamentais do "ladrão considerado" na quebrada, ou seja, aquele criminoso respeitado nas favelas de São Paulo. Centenas de vezes ouvi referências a esses elementos – disposição, coragem, posses, generosidade, humildade na atitude e ostentação na vida cotidiana – em meu próprio trabalho etnográfico e nos trabalhos de colegas e estudantes. Além desses elementos, entretanto, o fundamental dessa figura sociológica, em síntese produzida na letra de Mano Brown, é que ela hibridiza polos muitas vezes vistos como opostos na normatividade social dominante[5]. Guina cheirava pra caralho, mas era ponta firme. Era louco, mas sangue frio. Seu desejo era hedonista – motos, mulheres, roupas de marca –, mas ele compartilhava o que tinha com os parceiros.

No quadro dominante, ladrão não é sinônimo de respeito e boa reputação, já sabemos. Loucura tampouco rima com compromisso. Orgia não se alia a valores cristãos como o da generosidade, mas

---

5 Em Feltran (2013), discuto essa fronteira a partir de "Capítulo 4, versículo 3", música que antecede a "Tô ouvindo alguém me chamar" no álbum, em que Brown canta: "Talvez eu seja um sádico ou um anjo, um mágico/Ou juiz ou réu, um bandido do céu/Malando ou otário, padre sanguinário/Franco-atirador se for necessário/Revolucionário, insano ou marginal/Antigo e moderno, imortal/Fronteira do céu com o inferno" (Racionais MC's, 2018, pp. 49-50).

ao usufruto pessoal do prazer do corpo, profano. Cheirar cocaína pra caralho não é sinônimo, no quadro dominante, de uma pessoa ponta firme, confiável. Para que esses elementos se combinem, é preciso desnaturalizar os quadros hegemônicos de compreensão do mundo social, que separa essas coisas. Ladrão respeitado, loucura como compromisso, orgia e generosidade, tudo junto nas letras, também aparecem assim juntos no trabalho etnográfico. É essa a "politicidade" do rap dos Racionais – a de desnaturalizar não os conteúdos, mas os quadros de interpretação estabelecidos. Guina era professor, exemplo das atitudes corretas a serem seguidas, mas agora no mundo do crime:

> Lembro que um dia o Guina me falou
> Que não sabia bem o que era amor
> Falava quando era criança
> Uma mistura de ódio, frustração e dor
> De como era humilhante ir pra escola
> Usando a roupa dada de esmola
> E ter um pai inútil, digno de dó
> Mais um bêbado, filha da puta e só
> Sempre a mesma merda, todo dia igual
> Sem feliz aniversário, Páscoa ou Natal

Guina vinha daquele fundão das favelas onde a humilhação é cotidiana (Wrasse, 2012). Ódio, frustração e dor, "sem menção honrosa, sem massagem", como diz outra letra dos Racionais, "Vida loka, parte II", de 2002. Tornou-se Guina, protótipo do sucesso, por seu próprio esforço, sem qualquer estrutura. Eis outra síntese fundamental na composição do herói viril, fonte da sedução provocada pela figura do "ladrão considerado" não apenas nos favelados, mas em todos os que convivem com ele: sua característica de fênix solitária, que renasce das cinzas por sua própria força inata, sua condição de bravura essencializada no corpo. "Vim da selva, sou leão, sou demais pro seu quintal", cantaria anos mais tarde o próprio Mano Brown na já citada "Negro drama", complementando com "Vim de onde vêm os diamantes, da lama". Brown, o compositor, confundido tantas vezes com o eu lírico da canção, trabalha sempre nessa fronteira. A história do personagem prossegue, e sua formação no crime é apresentada na forma de um currículo, novamente metaforizando a quebra no quadro dominante de referências normativas:

> Longe dos cadernos, bem depois
> A primeira mulher e o vinte e dois
> Prestou vestibular no assalto do busão
> Numa agência bancária se formou ladrão
> Não, não se sente mais inferior
> Aí, neguinho, agora eu tenho o meu valor

Guina, eu tinha mó admiração, ó
Considerava mais do que meu próprio irmão, ó
Ele tinha um certo dom pra comandar
Tipo linha de frente em qualquer lugar
Tipo condição de ocupar um cargo bom e tal
Talvez em uma multinacional.
É foda
Pensando bem, que desperdício
Aqui na área acontece muito disso
Inteligência e personalidade
Mofando atrás da porra de uma grade
Eu só queria ter moral e mais nada
Mostrar pro meu irmão
Pros cara da quebrada
Uma caranga e uma mina de esquema
Algum dinheiro resolvia o meu problema

Os trabalhos de Gresham Sykes e David Matza (2016[1961]), bem como os de José Ricardo Ramalho (2008) e de Eugênia Cozzi (Cozzi; Font; Mistura, 2014), entre outros, já demonstraram como os valores dominantes se reproduzem no universo criminal. Se a existência de Guina era uma desnaturalização do quadro normativo oficialmente legitimado, como vemos aqui ela é também e "ao mesmo tempo" reprodução desse quadro. Georg Simmel é quem nos ensina como isso é possível, a partir da demonstração de que toda ação tem séries teleológicas de sentido distintas e alheias à intencionalidade do ator em cada sociação singular (Simmel, 2009[1908], p. 493). Que desperdício o sistema não nos aproveitar, ele se reproduzir sem nossa presença. Poderíamos estar em uma multinacional, crescendo com ele. Não na cadeia. É essa fronteira entre reprodução e crítica do sistema, presente em toda e qualquer narrativa política, a que permite que os Racionais sabotem o raciocínio dos analistas (Caldeira, 2006), provoquem tanto debate e se espalhem com sua música por diferentes perfis sociais de uma geração. A "realidade da favela", assim, ganha muitas outras traduções reais, longe dela.

JUNTO COM GUINA, EM TRÊS ASSALTOS

Ice Rock relembra sua vida com Guina, e ela não é contada por uma rotina de convivência, mas por eventos disruptivos. Vendo o outro ter tudo o que queria ter e sabendo que "no mundão você vale o que tem", o rapaz resolve embarcar em seu universo. Mas não adianta querer ser, é roubando que se vira ladrão:

> Pensei, entrei, no outro assalto eu colei, pronto
> Aí o Guina deu mó ponto:
> [gritos]
> Aí! É um assalto! Todo mundo pro chão, pro chão!
> Aí, filha da puta, aqui ninguém tá de brincadeira, não!
> Nos oferece o cofre mano, o cofre, o cofre!
> Vai, vai, vai!
> Na moral, o bicho vai pegar!
> Pela primeira vez vi o sistema aos meu pés
> Apavorei, desempenho nota dez
> Dinheiro na mão, o cofre já tava aberto
> O segurança tentou ser mais esperto
> [outro: É, então...]
> Foi defender o patrimônio do playboy
> [outro: Cuzão]
> [tiros]
> Não vai dar mais pra ser super-herói

Se o seguro vai cobrir... Hehe... Foda-se, e daí?
O Guina não tinha dó
Se reagir, bum, vira pó

A iniciação de Ice Rock no mundo do crime, como na maioria dos rituais iniciáticos, inclui uma etapa de avaliação pelos pares: "Desempenho nota dez", para provocar nova torção nos diagramas valorativos dominantes. Mesmo que o assalto não tenha saído como esperado, sua vítima fatal mostra que Guina era implacável, como deve ser o ladrão. Não apenas contra as forças da ordem, mas também contra aqueles que atravessam seu caminho:

Tinha um maluco lá na rua de trás
Que tava com moral até demais
Ladrão, ladrão, e dos bons
Especialista em invadir mansão
Comprava brinquedo à reveria
Chamava a molecada e distribuía
Sempre que eu via, ele tava só
O cara é gente fina, mas eu sou melhor
Eu aqui na pior, ele tem o que eu quero:
Joia escondida e uma três-oito-zero
No desbaratino, ele até se crescia
Se pã, ignorava até que eu existia
Tem um brilho na janela, é, então
A bola da vez
tá vendo televisão

> [voz que sussurra - Psiu... Vamo, vai entramo]
> O Guina no portão, eu e mais um mano
> [outro diz - Como é que é neguinho?]
> Hum, se dirigia a mim
> E ria, ria, como se eu não fosse nada
> Ria, como fosse ter virada
> Estava em jogo, meu nome é atitude
> Era uma vez Robin Hood.
> Fulano sangue ruim, caiu de olho aberto
> Tipo me olhando, me jurando
> Eu tava bem de perto e acertei os seis
> O Guina foi e deu mais três.
> [...]
> Que que eu tô fazendo aqui?
> Meu tênis sujo de sangue, aquele cara no chão
> Uma criança chorando, eu com um revólver na mão
> Ou era um quadro do terror, e eu que fui ao autor

Muita discussão foi gerada por essa cena nas periferias de São Paulo. O Guina era só proceder, mas roubava na quebrada? O Guina roubava outros como ele? Mas na lógica PCC, não era preconizada a paz entre os ladrões? Como podia isso? As respostas mais plausíveis apontavam em duas direções. A primeira dizia que o bandido era verme, tanto é que depois teria atirado no próprio parceiro, por dinheiro. A segunda avaliação dizia que tudo isso se passou no começo dos anos 1990, época das guerras nas periferias de São Paulo, momento em que as quebradas estavam sem lei. E que uma coisa dessas era tolerada sem problema no crime daquele momento, mas que isso mudaria a partir dos anos 2000 (Feltran, 2012; 2018).

De toda forma, Guina se mantinha respeitado e logo vinha outra fita, outro corre, outro assalto. Com o tempo passando, os efeitos colaterais pouco perceptíveis no início da vida no crime começam a aparecer. É assim no tipo ideal da trajetória de qualquer ladrão; não seria diferente justo em um rap sobre o crime, não é?

> Me chamaram para roubar um posto
> Eu tava duro, era mês de agosto
> Mais ou menos três e meia, à luz do dia
> Tudo fácil demais, só tinha um vigia
> Não sei, não deu tempo, eu não vi, ninguém viu
> Atiraram na gente, um moleque caiu
> Prometi pra mim mesmo, era a última vez
> Porra, ele só tinha dezesseis

Agora a morte não é de um segurança, considerado "coisa" ou "verme" por quem é do crime. A morte agora não é de um ladrão rival, que desrespeitava o eu lírico e era sangue ruim. A morte agora era de um moleque, que estava junto no assalto. Ele só tinha 16 anos, a idade que tinha o filho de Seu

Percival, de Jardim Progresso, em Ribeirão Preto, quando caiu baleado em um assalto. O pai do rapaz vai até o quarto, abre a gaveta, desdobra uma folha de jornal e me mostra a foto do filho caído de bruços na rua, vestindo um moletom branco e vinho. A reportagem explica que eles estavam furtando uma loja de roupas durante a madrugada e que tentaram fugir quando a polícia chegou. Relatos como esses chegam às dezenas a qualquer etnógrafo das periferias urbanas que permaneça em campo durante algum tempo no Brasil.

O eu lírico já começava a pensar que a vida no crime não era tão fácil quanto parecia. Ele já devia estar sendo perseguido, a paranoia ronda o ar. As noites passam a ser mais longas, e o sentimento de que a vida está arruinada preenche os dias:

> Não, não, não, eu tô a fim de parar
> Mudar de vida, ir pra outro lugar
> Um emprego decente, sei lá
> Talvez eu volte a estudar

Centenas de vezes ouvi relatos paranoicos de rapazes que haviam entrado embalados na vida criminal e depois de três ou quatro anos se viam perseguidos por pares e policiais, devendo à Justiça, sem nenhum dinheiro e com as famílias arrebentadas. Quaisquer educadores ou profissionais que trabalham com medidas socioeducativas, prisões ou programas de saúde mental nas periferias sabem que esses relatos são cotidianos.

"VIVI SETE ANOS EM VÃO"

> Agora é tarde, eu já não podia mais
> Parar com tudo, nem tentar voltar atrás
> Mas no fundo, mano, eu sabia
> Que essa porra ia zoar a minha vida um dia
> Me olhei no espelho e não reconheci
> Estava enlouquecendo, não podia mais dormir
> Preciso ir até o fim
> Será que Deus ainda olha pra mim?

A crise com a escolha do universo criminal, típica do momento em que os custos dessa escolha começam a se mostrar ativos, produzidos de um lado pela repressão estatal, de outro pela competição interna ao mercado criminal, é também o momento de recolocar a fronteira entre horizontes normativos em perspectiva. Em um polo, o emprego, o estudo, já evocados anteriormente, e em outro, a sensação de que devo ir até o fim onde estou, porque não adianta mais tentar voltar atrás.

O eu lírico oscila entre essas duas escolhas, mas no fundo sabe que não há uma. Não podia mais tentar um retorno. Ao mesmo tempo, percebe que o ladrão que se tornou não é, na "realidade", ele mesmo: "Me olhei no espelho e não reconheci". O ladrão foi produzido situacionalmente, mas é percebido tomando toda a sua identidade (Misse, 1999; 2010)[6]. A loucura, que era em Guina associada à coragem e ao compromisso, à intensidade da vida loka, agora é loucura no sentido dominante, alheamento da realidade, atributo dos perdidos e dementes.

Não para por aí: à dúvida existencial sobre a própria identidade e os próprios valores em crise se sobrepõe a dúvida moral e religiosa: "Será que Deus ainda olha para mim?". A bibliografia tratou com profundidade das relações entre crime, moralidades e religião, justamente por serem elas definidoras dessa fronteira e, portanto, ativas na pesquisa etnográfica sobre o universo criminal (Cunha, 2008; Birman; Machado, 2012; Marques, 2015; 2019). Um bandido pode virar pregador moral em pouco

---

6 Michel Misse (2010) revisou as teorias do sujeito e propôs, para o caso da categoria "bandido" no Brasil, a noção teórica de "sujeição criminal". A categoria vai além da estigmatização e rotulação, e ainda inclui a assunção do rótulo pelo estigmatizado, que, portanto, se subjetiva a partir dos limites impostos pela imputação externa.

tempo, como Guina parecia ter virado, justamente por isso (Côrtes, 2007; Teixeira, 2014).

> Eu sonho toda madrugada
> Com criança chorando e alguém dando risada
> Não confiava nem na minha própria sombra
> Mas segurava a minha onda
> Sonhei que uma mulher me falou, eu não sei o lugar
> Que um conhecido meu (quem?) ia me matar
> Precisava acalmar a adrenalina
> Precisava parar com a cocaína

O caminhar da trajetória do eu lírico, Ice Rock, é também o caminhar da trajetória típica dos operadores baixos dos mercados ilegais nas periferias paulistas dos anos 1990. É típico do que acontece, ainda hoje, nas favelas de todos os outros estados da federação nos quais o PCC não se tornou a facção hegemônica no mundo criminal. Depois de dois ou três anos de atuação nesses mercados, sobrevêm os conflitos e as ameaças de morte.

Também é assim na Colômbia, no México e nos territórios assolados pela violência conflagrada entre grupos criminais na América Central. Também é assim nas disputas em torno do tráfico de drogas no Peru e na Bolívia. A explicação? Operadores baixos são profundamente incentivados a demonstrar coragem, bravura, virilidade e força enquanto são muito jovens e podem servir como bucha de canhão para seus patrões, operadores de mercados transnacionais. Quando esses mesmos sujeitos têm mais idade e melhor compreensão da engrenagem violenta em que estão inseridos, tentam eles próprios galgar posições no mercado criminal, tendo seus subordinados na linha de frente. Passam, assim, a competir com seus gerentes e patrões mais diretamente e se deparam, não raro, com a escolha entre os matar ou morrer. Ice Rock percebe que sua situação já chegou a esse ponto:

> Dormir à noite era difícil pra mim
> Medo, pensamento ruim
> Ainda ouço gargalhada, choro, vozes
> A noite era longa, mó neurose
> Tem uns maluco atrás de mim
> Qual que é? Eu nem sei
> Diz que o Guina tá em cana e eu que caguetei
> Logo quem, logo eu, olha só, ó
> Que sempre segurei os B.O.
> Não, eu não sou bobo, eu sei qualé que é
> Mas eu não tô com esse dinheiro que os cara quer
> Maior que o medo, o que eu tinha era decepção
> A trairagem, a pilantragem, a traição
> Meus aliado, meus mano, meus parceiro
> Querendo me matar por dinheiro

É nessa hora que os egressos do universo criminal, e sobretudo os que puderam sair de suas redes e refazer suas trajetórias de vida no mundo da normatividade dominante, relatam que "o crime é ilusão" (Feltran, 2011b). Os versos que se seguem demonstram essa ilusão terrivelmente exposta, pela anomia vivida quando os valores internos a esse mundo, que se acreditava tanto serem "o certo", são subvertidos pelos próprios parceiros, pela própria família existencial:

> Vivi sete anos em vão
> Tudo que eu acreditava não tem mais razão
> Não...

O DESFECHO

> Minha finada mãe, proteja o seu menino
> O diabo agora guia o meu destino

A mãe segue sendo a única figura moral inabalada na vida do homem que passa pelo crime, em especial depois de muitos anos. Mas no caso de Ice Rock, ela estava morta. O diabo, elemento pentecostal definidor da vida no crime (Almeida,

2009), aparece desenganando o eu lírico. A justiça dos homens também não está com ele, como se nota a seguir:

> Se o júri for generoso comigo
> Quinze anos pra cada latrocínio
> Sem dinheiro pra me defender
> Homem morto, cagueta, sem ser
> Que se foda, deixa acontecer
> Não há mais nada a fazer

Ice Rock sabe que já está morto. Caluniado com sucesso no universo criminal, condenado pela justiça dos homens, sem dinheiro algum – mas também sem escolaridade, sem redes profissionais, sem apoio de qualquer projeto ou organização – e ainda com a mãe morta e o diabo guiando seus caminhos, "não há mais nada a fazer". Durante meus anos de etnografia nas favelas de São Paulo, conversei com alguns adolescentes e jovens que se sentiam nessa condição. Essas conversas me marcaram, como marcam os espíritos reformistas e as mentes universalistas, porque elas são profundamente pragmáticas: a realidade, por onde quer que se olhe, é que não há saída. Alguns deles morreram de fato, o que me causou tristeza profunda, e me fez rever muitos de meus pressupostos de compreensão da vida.

Outros sobreviveram, e estou seguro de que grande parte deles porque a racionalidade criminal em São Paulo, sob hegemonia do PCC depois da virada para os anos 2000, não preconizava mais suas mortes, como se fazia no mundo do crime uma década antes. Para Ice Rock, vivendo justamente no momento de pico de homicídios na cidade de São Paulo, segunda metade dos anos 1990, o desfecho não poderia ter sido outro:

> Essa noite eu resolvi sair
> Tava calor demais, não dava pra dormir
> Ia levar meu canhão, sei lá, decidi que não
> É rapidinho, não tem precisão
> Muita criança, pouco carro, vou tomar um ar
> Acabou meu cigarro, vou até o bar
> [outro: E aí, como é que é, e aquela lá, ó?]
> Tô devagar, tô devagar
> Tem uns barato que não dá pra perceber
> Que tem mó valor e você não vê
> Uma pá de árvore na praça, as criança na rua
> O vento fresco na cara, as estrela, a lua
> Dez minutos atrás, foi como uma premonição
> Dois moleques caminhando em minha direção
> Não vou correr, eu sei do que se trata
> Se é isso que eles querem então vem, me mata
> Disse algum barato pra mim que eu não escutei
> Eu conhecia aquela arma, é do Guina, eu sei!
> Uma 380 prateada, que eu mesmo dei
> Um moleque novato com a cara assustada

Ele sabe do que se trata, há tempos, e daí serem tão comuns as premonições e os pesadelos de jovens, irmãos, parceiros, mulheres e familiares acerca das mortes desses rapazes. Daí ser tão comum as benzedeiras terem fechado seus corpos, daí ser tão frequente o recurso a Ogum, a São Jorge, "para que os inimigos tenham mãos e não lhes toquem". O mundo popular brasileiro parece conceber a narrativa da guerra como estruturante mesmo dos tempos de paz, e eleger seus guerreiros de tempos em tempos. Escravos e líderes rebelados, como cangaceiros, justiceiros populares, bons ladrões e donos de morro como Charles, o Anjo 45, narrados na ficção, no documentário e na etnografia (Feltran, 2013), sempre pareceram saber que, em algum momento de suas trajetórias políticas, a luta sangrenta se voltaria contra eles[7]:

> [Outro: Aí, mano, o Guina mandou isso aqui pra você]
> [tiros]
> Mas depois do quarto tiro eu não vi mais nada
> Sinto a roupa grudada no corpo
> Eu quero viver, não posso estar morto

7 Deixar isso claro talvez seja o maior mérito de uma outra narrativa ficcional, nesse caso distópica, formulada no filme brasileiro "Bacurau", de Kléber Mendonça Filho e Juliano Dornelles, sucesso nos cinemas do país em 2019 e vencedor do Prêmio do Júri no Festival de Cannes.

Ice Rock é baleado. Quantas vezes conversei com rapazes inscritos no crime que me mostraram as marcas de ferimentos à bala. De uma delas, nunca me esqueci: Israel me apresentou as cicatrizes dos quatro tiros que tomou na cabeça quando um policial o imobilizou e o jogou no chão, depois de uma tentativa de assalto no Tatuapé. Todos os quatro tiros de raspão, dois de cada lado. Os cabelos curtos deixavam as cicatrizes sempre à mostra. Perguntei como tinha sido aquilo. Ele me segurou pela blusa, na altura do pescoço, simulando como o policial apontou a arma à queima-roupa, diretamente ao seu rosto. No momento dos tiros, Israel sangrou e desmaiou, mas teve um "livramento", me conta. O termo é pentecostal, significa que Deus havia salvado sua vida. Como na música, ele também ouviu alguém gritar seu nome. Mas sobreviveu.

> Sinto a garganta ressecada
> e a minha vida escorrer pela escada
> [...]
> Não to sentindo meu braço
> Nem me mexer da cintura pra baixo
> Ninguém na multidão vem me ajudar?
> Que sede da porra, eu preciso respirar!
> Cadê meu irmão?

O APRENDIZADO DE ICE ROCK

A antítese de Guina na letra da canção, portanto o anti-herói do poema, é o irmão do narrador. Quando jovens, eles optaram por caminhos opostos, não se misturavam:

> Nunca mais vi meu irmão
> Diz que ele pergunta de mim (não sei não)
> A gente nunca teve muito a ver
> Outra ideia, outro rolê
> Os maluco lá do bairro
> Já falava de revolver, droga, carro
> Pela janela da classe, eu olhava lá fora
> A rua me atraía mais do que a escola
> Fiz dezessete, tinha que sobreviver
> Agora eu era um homem, tinha que correr
> No mundão você vale o que tem
> Eu não podia contar com ninguém
> Cuzão, fica você com seu sonho de doutor
> Quando acordar cê me avisa, morô?
> Eu e meu irmão era como óleo e água
> Quando eu saí de casa trouxe muita mágoa
> Isso há mais ou menos seis anos atrás
> Porra, mó saudade do meu pai!

Ele se inspirou em Guina, o irmão seguiu o caminho dos estudos. Era um sonho, ele achava, que jamais seria possível. Cada um tentou sua sorte. O mote fundamental da vida subalterna é a mobilidade social (Durham, 1973; Feltran, 2011a). O irmão está do outro lado da fronteira, e quando seu próprio sonho fracassava, Ice Rock se lembrava dele com arrependimento, deitado no chão, entre viver e morrer. "Se eu sair daqui, eu vou mudar":

> Meu sobrinho nasceu
> Diz que o rosto dele é parecido com o meu
> É, diz...um pivete eu sempre quis
> Meu irmão merece ser feliz
> Deve estar a essa altura
> Bem perto de fazer a formatura
> Acho que é direito, advocacia
> Acho que era isso que ele queria
> Sinceramente, eu me sinto feliz
> Graças a Deus, não fez o que eu fiz
> [...]
> Tem uns baratos que não dá pra perceber
> Que tem mó valor e você não vê
> Uma pá de árvore na praça, as criança na rua
> O vento fresco na cara, as estrela, a lua

Ice já está rendido moralmente, morto existencialmente, desenganado. Ele repete o refrão "Se eu sair daqui, eu vou mudar", "Eu tô ouvindo alguém me chamar". Pode ser um chamado de Deus, um livramento; de seu irmão, um trabalhador; quem sabe o chamado de sua mãe falecida para que se junte a ele. Pode ser o Guina arrependido, chamando-o para um abraço; a voz é parecida com a dele, afinal. Pode ser o diabo. De toda forma, o que Ice Rock busca é que seja um chamado para a vida, para que ele tenha a chance de mudar, de se redimir. Ele busca a redenção de seus valores, que por ilusão fez florescer no crime, não no mundo sagrado da boa sociedade.

O que toda comunidade marginal espera, embora já esteja desenganada e sangrando entre a vida e morte, é a redenção do reconhecimento de seus valores mais profundos. Resta até o final a expectativa de que um dia, quem sabe, o sacrifício diário será reconhecido como dignidade pessoal, espiritual, essencial, por seus patrões e senhores. O âmago do cristianismo, portanto, inunda as comunidades marginais periféricas. Por isso elas gostam tanto dele, no Ocidente que humilha tanto suas margens. O livro clássico de Philippe Bourgois (1995) sobre os moradores de rua e usuários de crack em Nova York não por acaso se chama "Em busca de respeito".

Algo que estrutura a vida social enjeitada, humilhada, no Brasil é o desejo perverso de pertencer ao mundo dos que a humilharam. Há amantes e filhos rejeitados pelos pais que dificilmente esquecem o amor que tiveram pelos que os abandonaram, que jamais superaram a perda dessa face amada que projetaram para si (Goffman, 2009[1952]). Há, felizmente, os que se emancipam disso em algum momento.

FORMAS DESIGUAIS DE CONHECER

Não é de hoje que a forma sociológica, em especial a forma etnográfica, e a forma ficcional se relacionam. Já foi extraída muita sociologia da ficção (Kirschbaum, 2006), bem como já foram classicamente ficcionadas as narrativas etnográficas sobre personagens concretos com quem nos encontramos em campo, de modo a proteger suas identidades, permitindo no entanto que eles estejam na produção sociológica (Fiore, 2013; Biondi; Marques, 2010; Feltran, 2019; entre outros)

Argumentei anteriormente pela ausência de validade epistemológica entre ficção e texto sociológico, porque essa validade não estará nunca situada no que os difere: a forma da narrativa, ou os conteúdos expressados por essas formas. A validação de um conhecimento refere-se, sobretudo, a seus supostos e à capacidade de traduzi-los aos seus interlocutores. O conjunto de pressupostos (em inglês há uma ótima expressão para isso: "*set of assumptions*") que enquadra qualquer forma e qualquer conteúdo narrativo, portanto analítico, é que, quando comunicado aos seus pares – trata-se, portanto, de tradução, de comunicação e de legibilidade –, produz como efeito essa validação. O filme passa a ser bom, o rap ótimo, o texto etnográfico excelente, e assim por diante[8].

Esse conjunto de pressupostos, evidentemente, não é apenas pessoal nem apenas social, e se apresenta como disposições interpretativas, portanto práticas, entre essas duas dimensões. Foi por isso que Pierre Bourdieu precisou cristalizar, talvez excessivamente, a noção de *habitus* para dar seguimento a suas teorias da ação. Esse conjunto de ferramentas cognitivas e sensoriais para a prática é, então, a própria capacidade interpretativa de cada autor, capacidade sensível de cada artista, forjada, portanto, na experiência vivida. Por isso livros e obras de arte podem ser geniais em um tempo e irrelevantes em outro. Por isso culturas universalistas têm sua história universal, do pensamento e da arte.

8 Essa é uma discussão que Werneck tem levado a fundo em seus trabalhos, desde "A desculpa" (2012).

Há, ainda, uma série de procedimentos frente à experiência – método analítico – que aproximam a sociologia da ficção, a etnografia e a crítica literária (Becker, 2009). Todas estas são narrativas amparadas na experiência vivida pelos autores, mais ou menos explicitamente e portanto contextualizadas. Se os temas e as imagens criadas por essas narrativas são ficcionais, distópicas ou mesmo fantásticas, seu *set of assumptions* estará ali em movimento, queira o autor ou não. Na etnografia, espera-se que a reflexividade possa ao menos explicitar os preceitos dos quais parte o quadro narrativo.

Guina é um personagem construído pelo poeta Mano Brown, a partir de situações empíricas experimentadas por seus pares nos anos 1990. A confusão entre ficção e retrato da realidade tem várias camadas aqui, porque uma expressão artística marginal tende, em muitos casos, a ser lida como manifestação do seu contexto, como se não tivesse autoria pessoal. Como, no limite, se não existisse autor plausível no mundo periférico, porque esse mundo não é feito de pessoas independentes, mas de uma massa inexpressiva. Autor e eu lírico desse rap foram, também por isso, confundidos na vida real das periferias de São Paulo nos anos 1990 e 2000. Considerou-se que Guina era um parceiro traidor de Brown, portanto um ex-Racionais.

Como adiantei no início, não tardou muito para uma pessoa de carne e osso buscar encarnar o personagem, "pular do livro" e, dizendo-se o Guina da canção, então convertido ao pentecostalismo, contasse sua história. Esse sujeito permaneceu durante ao menos seis anos circulando por igrejas evangélicas de todo o país, fazendo palestras e dando testemunhos sobre sua história.

> O que falar desse cara? Esse cara é um personagem, cara... pulou do livro. Imagina o Pinóquio. Imagina o Pinóquio, cara. Boneco de madeira que começa a falar. É esse Guina aí. Talvez se eu tivesse dado o nome real da pessoa que tava envolvida no B.O. da música, não aparecia esse cara. Mas eu dei um nome fictício, e ele... realmente ele... é triste saber que no Brasil muita gente vai na Igreja pra ver o cara, mais por essas ideia [*de ele ser o Guina*] do que pela ideia em si [*religiosa*]. Muita mentira junto, esse cara não existe (Brown, 10/12/2016).

O homem real é um personagem, diz Mano Brown. Seu Guina, sim, é que é verdadeiro. Foi preciso anos para desmontar a ficção desse personagem, baseada em outra ficção que conta com um personagem fictício, mas muito real, baseada por sua vez em observação participante. Foi preciso anos para isso, de tão real que era a ficção do rap dos Racionais.

Sabemos, em ruptura com o positivismo e ao mesmo tempo pragmaticamente, que a perspectiva situada e o desejo autoral agem, ativamente, na construção do real. Seja da forma como se procure traduzi-lo, inclusive quando se trata de ficcionar com números, como nas análises estatísticas discutidas na tradição da antropologia da ciência.

O legendário Guina ficcional, mas não o "real", que se apresentava em igrejas, encarna a normatividade do mundo do crime real na São Paulo dos anos 1990. Há elementos dessa normatividade que permanecem no regime normativo expressado pelo crime ainda hoje. Há os que deixam de ser valorizados no universo criminal sob hegemonia do PCC, nas duas últimas décadas. O Guina da ficção, além disso, é referência do que muitos Ice Rocks quiseram ser, mas que, como tantos e tantos outros, jamais conseguiram.

Guina é, assim, a encarnação também da ideologia meritocrática, masculina hegemônica e guerreira que se reproduz internamente ao universo criminal de São Paulo, e não só de São Paulo. A ficção situada nos anos 1990 permite pensar muitos outros contextos. Mirando para essa norma, para esse ideal, muitos e muitos adolescentes inscritos nos postos mais baixos dos mercados ilegais desenvolvem suas trajetórias de vida e morrem, ou saem para tentar refazê-las mais tarde.

Os poemas do rap não são, como se diz muito, "retratos da realidade". Tampouco o são a sociologia, ou a ciência política, ou ainda a etnologia indígena. A comunidade de pares, em todas as artes e ciências, avalia a qualidade e a realidade do que se produz a partir de seus critérios éticos e analíticos, representando-a como real. Para além da materialidade absoluta, é um conjunto de pressupostos existencialmente experimentados, e politicamente institucionalizados por essas comunidades, o que constrói o plausível de se enxergar no mundo. "Tô ouvindo alguém me chamar", na politização da esfera pública no Brasil no momento da escrita deste texto, tem sido lida como "apologia do crime"[9]. Nem toda a sociologia do mundo fará essa imagem ser revertida se a disputa em torno dos pressupostos da compreensão do real, pressupostos políticos por definição, não se tornarem objeto de explicitação no debate comum.

---

9 A primeira versão deste texto foi escrita entre maio e outubro de 2019, durante os primeiros meses do governo federal de Jair Bolsonaro, e dos governos estaduais de João Dória em São Paulo e Wilson Witzel no Rio de Janeiro. Suas eleições nutriram-se fortemente de uma politização radical dos cotidianos nas diversas classes sociais. Degradação dos costumes da boa família, criminalidade comum e corrupção política fariam parte de, nos discursos deles, um continuum de degradação moral, a ser combatido à bala, mas também moralmente por eles. Militarização dos cotidianos e da política, anti-intelectualismo religioso e monetarismo ultraliberal foram as matrizes de discursos e práticas que encamparam em sua ofensiva revolucionária no período.

REFERÊNCIAS

ALMEIDA, Ronaldo. *A Igreja Universal e seus demônios*. São Paulo: Terceiro Nome, 2009.

ARENDT, Hannah. *A condição humana*. Rio de Janeiro: Forense Universitária, 2001[1958].

ARENDT, Hannah. *Homens em tempos sombrios*. São Paulo: Companhia das Letras, 2008[1968].

BECKER, Howard *Falando da sociedade:* Ensaios sobre as diferentes maneiras de representar o social. Rio de Janeiro: Zahar, 2009.

BERTELLI, Giordano Barbin; FELTRAN, Gabriel de Santis. (orgs.). *Vozes à margem:* periferias, estética e política. São Carlos: EDUFSCar, 2017.

BIONDI, Karina; MARQUES, Adalton. *Memória e historicidade em dois "comandos" prisionais*. Lua Nova: Revista de Cultura e Política, n. 79, pp. 39-70, 2010.

BIRMAN, Patricia; MACHADO, Carly. *A violência dos justos:* Evangélicos, mídia e periferias da metrópole. Revista Brasileira de Ciências Sociais (RBCS), v. 27, n. 80, pp. 55-69, 2012.

BROWN, Mano. *Mano Brown fala do Guina que se diz membro do Racionais nas igrejas*. Rádio Maconheiro 2012, 10/12/2016. Disponível (*on-line*) em: https://www.youtube.com/watch?v=WsL2J-gRXDo, consultado em julho de 2019.

CALDEIRA, Teresa. I Came to Sabotage your Reasoning! Violence and Ressignifications of Justice in Brazil. In: COMAROFF, Jean; COMAROFF, John. (orgs.). *Law and Disorder in the Postcolony*. Chicago University of Chicago Press, pp. 102-149, 2006.

CALDEIRA, Teresa. *Cidade de muros:* Crime, segregação e cidadania em São Paulo. São Paulo: 34/Edusp, 2000.

CANDIDO, Antônio. *Literatura e sociedade*. São Paulo: Companhia Editora Nacional, 1976.

CÔRTES, Mariana. *O bandido que virou pregador:* A conversão de criminosos ao pentecostalismo e suas carreiras de pregadores. São Paulo: Aderaldo & Rothschild, 2007.

CÔRTES, Mariana. *Diabo e fluoxetina:* Pentecostalismo e psiquiatria na gestão da diferença. Curitiba: Appris, 2017.

COZZI, Eugenia; FONT, Enrique; MISTURA, María E. Desprotegidos y sobrecriminalizados: Interacciones entre jóvenes de sectores populares, policía provincial y una fuerza de seguridad nacional en un barrio de la ciudad de Rosario. *Revista Derechos Humanos*, año III, n. 8, p. 3, 2014.

CUNHA, Christina Vital. *"Traficantes evangélicos":* Novas formas de experimentação do sagrado em favelas cariocas. Plural: Revista do Programa de Pós-Graduação em Sociologia da USP, n. 15, pp. 13-46, 2008.

DRUMMOND DE ANDRADE, Carlos. *Claro enigma*. Rio de Janeiro: Record, 1991.

DURHAM, Eunice Ribeiro. *A caminho da cidade:* A vida rural e a migração para São Paulo. São Paulo: Ática, 1973.

FELTRAN, Gabriel de Santis. A fronteira do direito: Política e violência na periferia de São Paulo. In: DAGNINO, Evelina; TATAGIBA, Luciana. (orgs.). *Democracia, sociedade civil e participação*. Chapecó: Argos, pp. 537-566, 2007.

FELTRAN, Gabriel de Santis. *Crime e castigo na cidade:* Os repertórios da justiça e a questão do homicídio nas periferias de São Paulo: Caderno CRH, v. 23, n. 58, pp. 59-73, 2010a.

FELTRAN, Gabriel de Santis. *Periferias, direito e diferença:* Notas de uma etnografia urbana. *Revista de Antropologia*, v. 53, n. 2, , pp. 565-611, 2010b.

FELTRAN, Gabriel de Santis. *The Management of Violence on the Periphery of São Paulo:* A Normative Apparatus Repertoire in the PCC Era. Vibrant: Virtual Brazilian Anthroplogy, v. 7, n. 2, pp. 109-134, 2010c.

FELTRAN, Gabriel de Santis. Transformações sociais e políticas nas periferias de São Paulo. In: KOWARICK, Lúcio; MARQUES, Eduardo. (orgs.). São Paulo: Novos percursos e atores - Sociedade, cultura e política. São Paulo, 34/CEM, pp. 360-380, 2011a.

FELTRAN, Gabriel de Santis. *Fronteiras de tensão:* Política e violência nas periferias de São Paulo. São Paulo: Editora Unesp/CEM, 2011b.

FELTRAN, Gabriel de Santis. Manter a ordem nas periferias de São Paulo: Coexistência de dispositivos normativos na 'era PCC. In: AZAIS, Christian; KESSLER, Gabriel; TELLES, Vera da Silva (orgs). Ilegalismos, cidade e política. Belo Horizonte: Fino Traço, pp. 100-125, 2012.

FELTRAN, Gabriel de Santis. Sobre anjos e irmãos: cinquenta anos de expressão política do "crime" numa tradição musical das periferias. Revista do Instituto de Estudos Brasileiros, n. 56, pp. 43-72, 2013.

FELTRAN, Gabriel de Santis. Valor dos pobres: a aposta no dinheiro como mediação para o conflito social contemporâneo. Caderno CRH, v. 27, n. 72, pp. 495-512, 2014.

FELTRAN, Gabriel de Santis. *A categoria como intervalo:* A diferença entre essência e desconstrução. Cadernos Pagu, n. 51, 2017.

FELTRAN, Gabriel de Santis. *Irmãos:* Uma história do PCC. São Paulo: Companhia das Letras, 2018.

FELTRAN, Gabriel de Santis. *(Il)licit Economies in Brazil:* An Ethnographic Perspective. Journal of Illicit Economies and Development, v. 1, n. 2, pp. 145-154, 2019a.

FELTRAN, Gabriel de Santis. Homicídios no Brasil: Esboço para um modelo de análise. In: FBSP. *Anuário Brasileiro de Segurança Pública*. São Paulo: Fórum Brasileiro de Segurança Pública (FBSP), pp. 26-31, 2019b.

FIORE, Mauricio. *Uso de drogas:* Substâncias, sujeitos e eventos. Tese (doutorado), IFCH, Unicamp, 2013.

FRIDMAN, Luis Carlos. Rock and roll, John Lennon e a esfera pública. *Sociologia & Antropologia*, v. 4, n. 2, pp. 519-541, 2014.

FRIDMAN, Luis Carlos. Imaginação política e um pouco de rock and roll na década de todas as revoltas. Insight Inteligência, ano XVIII, n. 70, pp. 128-140, 2015.

GARCIA, Walter. Elementos para a crítica da estética do Racionais MC's (1990-2006). *Ideias*, n. 7, pp.81-108, 2013.

GARCIA, Walter. *Sobre uma cena de "Fim de semana no Parque", do Racionais MC's*. Estudos Avançados, v. 25, n. 71, pp. 221-235, 2011.

GARCIA, Walter. *Ouvindo Racionais MC's*. Teresa: Revista de Literatura Brasileira, n. 4-5, pp. 166-180, 2003.

GIMENO, Patrícia Curi. *Poética versão*: A construção da periferia no rap. Dissertação (mestrado), PPGAS, Unicamp, 2009.

GOFFMAN, Erving. *Acalmando o otário:* Alguns aspectos de adaptação à falha. Plural: Revista do Programa de Pós-Graduação em Sociologia da USP, v. 16, n. 1, pp. 195-211, 2009.

HIRATA, Daniel Veloso. *Sobreviver na adversidade:* Entre o mercado e a vida. Tese (doutorado), FFLCH, USP, 2010.

JACKSON, Luis. *A tradição esquecida:* Estudo sobre a sociologia de Antonio Candido. Revista Brasileira de Ciências Sociais, v. 16, n. 47, pp. 127-140, 2011.

KIRSCHBAUM, Charles. *Organizational Design for Institutional Change:* The Case of MPB Festivals, 1960 to 1968. BAR: Brazilian Admnistration Review, v. 3, n. 2, pp. 57-67, 2006.

KOWARICK, L. F. F. *Espoliação Urbana*. São Paulo, Paz e Terra, 1980.

MAGNANI, José Guilherme Cantor. *De perto e de dentro:* Notas para uma etnografia urbana. Revista Brasileira de Ciências Sociais (RBCS), v. 17, n. 49, pp. 11-29, 2002.

MARQUES, Vagner Aparecido. *O irmão que virou irmão:* Rupturas e permanências na conversão de membros do PCC ao pentecostalismo na Vila Leste (SP). Dissertação (mestrado), PEPGCR, PUC-SP, 2013.

MARQUES, Vagner Aparecido. *Fé e crime:* Evangélicos e PCC nas periferias de São Paulo. São Paulo: Fonte, 2015.

MARQUES, Vagner Aparecido. *As igrejas menores nas quebradas de fé*: A construção da hegemonia do pentecostalismo nas periferias de São Paulo (1990-2010). Tese (doutorado), PEPGH, PUC-SP.

MATZA, David; SYKES, Gresham. *Delincuencia juvenil y valores subterraneos*. Delito y Sociedad: Revista de Ciencias Sociales, v. 2, n. 38, pp. 119-129, 2016[1961].

OLIVEIRA, Acauam Silvério. O evangelho marginal dos Racionais MC's. In: RACIONAIS MC'S. (org.). Sobrevivendo no Inferno. São Paulo: Companhia das Letras, p. 19-41, 2018.

MISSE, Michel. *Malandros, marginais e vagabundo:* A acumulação social da violência no Rio de Janeiro. Tese (doutorado), PPGS, Iuperj, 1999.

MISSE, Michel. Crime, sujeito e sujeição criminal: aspectos de uma contribuição analítica sobre a categoria "bandido". Lua Nova: Revista de Cultura e Política, n. 79, pp.15-38, 2010.

OLIVEIRA, Francisco de. *Crítica à razão dualista*. Petrópolis, Vozes, 1981.

RAMALHO, José Ricardo. *Mundo do crime:* A ordem pelo avesso. Rio de Janeiro: Centro Edelstein, 2008.

PARDUE, Derick. *Brazilian Hip Hoppers Speak from the Margins*. Nova York: Palgrave Macmillan US, 2011.

RANCIÈRE, Jacques. *A partilha do sensível:* Estética e política. São Paulo: EXO/34, 2005.

SADER, Eder. *Quando novos personagens entram em cena:* Experiências e lutas dos trabalhadores da Grande São Paulo (1970-1980). São Paulo: Paz e Terra, 1988.

SIMMEL, Georg. *Sociology:* Inquiries into the Construction of Social Forms. *v. 1*. Leiden/ Boston, Brill, 2009[1908].

TAKAHASHI, Henrique Yagui. E*vangelho segundo Racionais MC's:* Ressignificações religiosas, políticas e estético-musicais nas narrativas do rap. Dissertação (mestrado), PPGS, UFSCar, 2015.

TAKAHASHI, Henrique Yagui. A mixagem de significações dos Racionais MC's". In: BERTELLI, Giordano; FELTRAN, Gabriel. (orgs.). *Vozes à margem:* Periferias, estética e política. São Carlos: EdUFSCar, v. 2, pp. 1-307, 2017.

TEIXEIRA, Cesar Pinheiro. *A teia do bandido:* Um estudo sociológico sobre bandidos, policiais, evangélicos e agentes sociais. Tese (doutorado), PPGSA, UFRJ, 2014.

TELLES, Vera Silva. *A cidade nas fronteiras do legal e ilegal*. Belo Horizonte, Argvmentvm, 2010.

WERNECK, Alexandre. *A desculpa:* As circunstâncias e a moral das relações sociais. Rio de Janeiro, Civilização Brasileira, 2012.

WRASSE, Dilson. *Afinidades eletivas:* Ética religiosa e utopias sociais: Análise psicossocial de uma organização de base comunitária. Dissertação (mestrado), PEPGSS, PUC-SP, 2012.

COMPARANDO BANDIDOS: DOIS FILMES, UMA MEIA DESCULPA E VÁRIAS FUGAS

SOBRE *ALMA TORTURADA*, DE FRANK TUTTLE, E *PARAÍBA: VIDA E MORTE DE UM BANDIDO*, DE VICTOR LIMA

MICHEL MISSE

O filme "ALMA TORTURADA" *(This Gun for Hire)*, de 1942, dirigido por Frank Tuttle, com Roteiro de Albert Maltz e W.C. Burnett baseado no romance "*A Gun for Sale*", de Graham Greene, conta a história de Philipp Raven (Alan Ladd), um assassino profissional, que após executar mais uma vítima e ser delatado pelo mandante, Willard Gates (Laird Cregar), executivo de uma indústria, se vê mergulhado em uma trama de espionagem envolvendo a venda de armas químicas para potências estrangeiras que o leva a se envolver com a cantora Ellen (Veronica Lake), noiva do detetive Michael Crane (Robert Preston), que a insere como espiã na investigação sobre Gates.

O filme "PARAÍBA: VIDA E MORTE DE UM BANDIDO", de 1966, dirigido e escrito de Victor Lima, conta a história do criminoso que atende pela alcunha de Paraíba (Jece Valadão) e que, após executar a amante, Angelina (Rossana Ghessa), ser perseguido, ser baleado e se refugiar no campanário de uma igreja cercada pela polícia, repassa sua vida criminal e se confessa com o padre (Ítalo Rossi): a perseguição pelo comissário Stélio (Antônio Patiño), o encontro com o repórter Márcio (Jardel Filho), que tenta demovê-lo do crime, e especialmente sua participação no plano de dona Clara (Darlene Glória) e Juca (Sadi Cabral) para, juntamente com comparsas como Bira (Milton Gonçalves) e Mudinho (Wilson Grey), promoverem um grande roubo ao estádio do Maracanã no dia de um jogo da Seleção Brasileira.

Gatos são sozinhos, não precisam de ninguém.

RAVEN (ALAN LADD), EM "ALMA TORTURADA"

Após os letreiros de praxe, logo na primeira sequência, em plano médio, um homem é acordado pelo despertador num quarto de pensão popular. É o início de "Alma torturada", título em português de "*This Gun for Hire*", considerado um dos primeiros filmes *noir* do cinema americano[1]. Nele, um assassino contratado para matar um chantagista é passado

---

1 Citado em Borde, R. e Chaumeton, É. (1955) como um dos primeiros filmes *noir*, "This Gun for Hire" não foi, entretanto, incluído por Michael F. Keaney em seu "*Film Noir Guide*" (2003).

para trás por seu contratante e envolvido numa trama mais complexa que a imaginada por ele e que se relaciona à entrada dos EUA na Segunda Guerra Mundial. No entanto, o que interessa à narrativa não é exatamente a trama complexa, que fica em segundo plano, e sim o assassino, Phillip Raven, interpretado por Alan Ladd.

Após se levantar da cama com o despertador, Raven confere o serviço que fará, hora, local, acerta o revólver e o coloca na pasta, arruma-se. Um gato mia na janela e ele o alimenta. Em outra sequência, ainda no quarto, a arrumadeira bate na porta e não sendo atendida entra e enxota o gato que antes derrubara algo por ali. Raven retorna de onde estava e bate na empregada, mandando-a cair fora. No último plano dessa sequência, ele alisa e cuida do gato antes de sair para fazer seu serviço de matador de aluguel.

Antes das legendas, em plano médio, numa rua mal iluminada do Rio de Janeiro, um casal atravessa a tela defronte a um prédio. Em close, num canto escondido do edifício, um homem acende um cigarro. Ele parece estar à espreita. Em seguida, atravessa a rua e entra no imóvel. Uma mulher o recebe, perguntando se ele procura por alguém. Ele diz o nome e ela lhe responde que verá se ela poderá recebê-lo. Ele olha para um corredor de quartos, com mulheres com roupas íntimas circulando.

Ficamos então sabendo que é um bordel, que estamos na zona de prostituição do Rio de Janeiro. Ele é avisado que pode ser recebido e entra no quarto dela. Ela o reconhece, surpresa. Ele lhe diz: "O que foi, Angelina? Pensou que eu não fosse encontrá-la? Você sabe o que eu faço com traidor, não sabe?". Ela tenta falar, mas ele tira o revólver escondido na cintura da calça e atira várias vezes nela, que rola mortalmente ferida na cama. Agora entram os letreiros: "Paraíba: Vida e morte de um bandido". O personagem título é vivido por Jece Valadão, o ator especializado em bandidos cariocas. O filme, lançado em 1966, afirma no cartaz que é baseado na vida real de um bandido.

Um filme *noir* americano e um filme brasileiro, ambos sobre bandidos[2], o pioneiro *noir* de 1942, o "*thriller*" brasileiro, de 1966 – um quarto de século os separam. Para quê compará-los? O que pode haver de relevante nesses dois filmes? Quais critérios foram seguidos para selecioná-los e por qual razão?

---

2 É preciso considerar os diferentes pesos de significado entre *bandits* (out--of-law) e *bandidos*, como entendidos no Brasil. Aqui, o atributo de bandido geralmente é usado para designar "não cidadãos", aquelas identidades cuja morte não será reclamada por ninguém. Em geral, trata-se de jovens de origem pobre, brancos ou negros, ligados a assaltos à mão armada, roubos, furtos, tráfico de drogas. São os "sujeitos do crime". Sobre isso, ver Misse (2010).

AS RAZÕES

Escolhi esses dois filmes com alguma dificuldade, entre vários outros. Meu objetivo foi comparar representações de bandidos no cinema americano e no cinema brasileiro, mas era preciso um mínimo de simetria – bandoleiros do faroeste e cangaceiros, ou, então, entre bandidos urbanos. A escolha recaiu sobre esses últimos, mais próximos do que atualmente é representado como "violência urbana". Era preciso agora definir uma época comum, com características comuns. Não foi difícil concluir que o filme *noir* americano, cuja influência no cinema policial mundial ainda hoje é notável, seria um bom parâmetro. Mas, e o brasileiro? Os primeiros filmes brasileiros a abordarem bandidos urbanos comparáveis aos dos filmes policiais americanos foram feitos já na década de 1960 e havia razão para isso. O padrão da criminalidade urbana no Rio de Janeiro passava por transformação a partir de fins dos anos 1950, com o incremento da violência por bandidos solitários ou pequenas gangues. Não se observa a mesma coisa nas poucas chanchadas que abordaram o crime[3]

3 Talvez com a exceção de "Matei um bicheiro", de 1958, de Jorge Ileli.

nem nos primeiros filmes do Cinema Novo, como "Rio 40 graus" e "Rio Zona Norte". Além disso, era preciso que os dois filmes envolvessem bandidos violentos, assassinos frios, e que a trama tivesse alguns pontos em comum, de modo a destacar os contrastes. Finalmente, não poderia ser um *noir* famoso, com suas características clássicas (*femme fatale*, destino trágico de um homem comum que se envolveu com o crime ou a sina de um ex-presidiário, policiais corruptos etc.) que afastassem a comparação da principal unidade de análise, o próprio bandido. O mesmo critério deveria ser adotado para a escolha do filme brasileiro, que não deveria comportar os conhecidos estereótipos do bandido das chanchadas e do crime passional. "Assalto ao Trem Pagador" (1962), assim como "Os marginais" (1968), os primeiros candidatos brasileiros, foram afastados por enfatizar demasiado a quadrilha; "Mineirinho vivo ou morto", de 1967, e "Cilada mortífera" (*Murder by Contract*), o candidato *noir*, de 1958, foram afastados em razão dos roteiros menos verossímeis. Enfim, decidi-me pelos filmes escolhidos, que me pareceram propícios à comparação concentrada em um bandido apresentado de modo verossímil para as sociedades de seu tempo. Tomei-os como unidade de análise. Alan Ladd, no filme que o levará ao estrelato, e Jece Valadão, também em início de carreira após o sucesso de "Os cafajestes" (1962) e "Boca de Ouro" (1962), representam, respectivamente, Phillip Raven e Paraíba.

O ASSASSINO DO "NOIR"

Vejamos a construção de Phillip Raven e dos principais personagens de seu entorno. Ficamos sabendo que ele foi contratado para matar alguém contra pagamento, que esta é sua labuta (está no título original do filme). Ele se veste como se situado na classe média de São Francisco, terno bem cortado, chapéu, a roupa masculina padrão dos anos 1930 e 1940. Já sabemos que ele cuida de um gato e que pode ser violento com quem descuida ou bate no animal (a faxineira, por exemplo). Vamos acompanhá-lo, agora, em seu serviço. Raven chega ao local, um prédio de apartamentos com escada. Quando entra, dá de frente com uma criança deficiente física, sentada no degrau da escada que ele terá que subir. Ele a encara por alguns segundos, olhar frio, calculista, e sobe. Bate na porta do apartamento e a vítima – Baker (Frank Ferguson) – a abre. Raven entrega uma carta de confiança a Baker e esse o faz entrar, tratando-o como amigo. Há uma bela moça deitada no sofá, que o anfitrião apresenta como sua secretária. O assassino, então, senta numa poltrona com a pasta contra o peito e o outro pergunta: "Trouxe o dinheiro?". A moça sai para outro cômodo quando uma chaleira apita, enquanto Baker acrescenta: "Vamos tomar um café, coma uns biscoitos..." e mais, que "foi uma sorte" Raven ter chegado naquele dia porque no seguinte "isso" (e aponta para uns papéis) estariam já a caminho de Washington – começa a ficar claro que Baker é um chantagista de algum segredo militar (o filme foi feito durante a Segunda Guerra, mas antes da entrada dos EUA). Ele diz que seria muito ruim para seu chefe se o matador não tivesse chegado a tempo. Entrega o documento a Raven e pede o dinheiro em troca. O outro, então, sem mover um músculo da face, retira o revólver da pasta e o mata, saindo atrás da moça e a matando, a sangue frio, evidentemente para não servir de testemunha. Em seguida, sai do apartamento, desce as escadas, passa pela menina que está sentada no degrau, novamente a olha detidamente, calculadamente e ela o chama e pede: "Moço, a minha bola caiu". Ele começa a abrir a pasta onde está o revólver, mas desiste, pega a bola e a atira de volta à menina, que agradece. O olhar da garota é assustado – e o dele também.

Na sequência seguinte, Raven está com um homem gordo, muito bem-vestido, que se apresenta como Johnson, sentados à mesa de um bar. O assassino cobra o pagamento do serviço feito enquanto o suposto “Johnson” é abordado por alguém que o reconhece e o chama de Gates (Laird Cregar). Raven olha desconfiado para quem não é mais “Johnson” e sim Gates e esse, encabulado, lhe oferece uma bala de hortelã. Como retribuição, o pistoleiro pega um canivete e o aponta para o outro, que sente o mal-estar da situação. Abre então o envelope e diz: “Tudo em notas de dez?” Gates responde: “Não esperava notas de mil, esperava?” Raven olha uma nota contra a luz e ouve: “Você não confia em mim?”, ao que responde: “Quem confia em alguém?”. “Notas saídas do banco, como prometi. Mas eu o entendo. Se as notas fossem frias você não poderia se queixar à polícia, não é mesmo?”. Raven responde: “Eu sou a minha própria polícia!”. E o homem corpulento diz: “Talvez!” e pergunta: “O que você poderia fazer?” A resposta vem juntamente com reapresentação do canivete: “Descobriria para quem você faz papel de bobo e aí lhe daria o que dei a Baker”. Gates retruca: “Não! Não aguento violência”. Raven aperta a ponta do canivete sobre a mão do oponente, que está sobre a mesa, e diz: “Depois eu cortaria um pouco dessa gordura”. Gates, sem graça, diz: “Que senso de humor pervertido!”, para em seguida convidar Raven (“um presentinho!”)

para a primeira fila do melhor *show* da cidade, o que lhe custou uma fortuna. O assassino agradece, mas não aceita, apesar da insistência. Após tentar tomar seu *sundae*, Gates pergunta ao outro, que espeta o canivete na mesa: "Raven, o que você sente quando faz *isso*?" e aponta o jornal com a notícia dos assassinatos. Raven diz, olhando-o friamente: "Eu me sinto ótimo!". Sem graça, Gates levanta-se e despede-se dizendo: "Be good" (comporte-se). E sai apressado. Saberemos depois que as notas são frias e que Raven buscará vingança.

No filme, o anti-herói é apresentado como um rapaz educado, porém frio e calculista, sem amigos ou parentes. Durante toda a história, ele se ocupará em recuperar o pagamento, vingar-se e fugir da polícia, que Gates pôs atrás dele ao informar ao detetive Crane (Robert Preston) que ele furtou o dinheiro que seria pago a Baker, o chantagista, mas que o dinheiro era "frio" e poderia ser, por isso, a pista a ser seguida pela polícia para chegar a ele. A traição do acordo com o matador é razoavelmente inverossímil para quem não gostaria de ser identificado como mandante e seu patrão, o velho Brewster (Tully Marshall), dono da NitroChemical, que estava sendo chantageado por Baker, o chamará de idiota por isso. Ainda no filme aparece a namorada do detetive, Ellen Graham (interpretada por Veronica Lake), que vai trabalhar como um misto de cantora e mágica na boate de Gates. Numa cena quase cômica, mas bastante alusiva, ela canta "That's Love" enquanto faz objetos desaparecerem em números de mágica. Um senador a procura, a certa altura, e lhe pede que o ajude a desmascarar Gates e seu patrão, Brewster, que estaria fabricando um gás venenoso e o vendendo a potências estrangeiras. Ela passará a trabalhar para o Senado.

Em suma, Raven – o assassino de aluguel, e nosso principal personagem – está sendo perseguido pelo detetive Crane, identificado pelas notas "frias" recebidas de Gates, que agora teme o que Raven pode lhe fazer. Ellen Graham, namorada de Crane, e agora contratada como artista por Gates, trabalha, secretamente, para uma comissão do Senado com o propósito de desmascarar Gates, seu patrão Brewster e a NitroChemical, que vendem armas químicas ao Japão. Toda essa trama nos mostra um circuito de três tipos de criminosos sob o alcance da polícia: um assassino de aluguel, um empresário de boates (Gates) e o dono de uma grande empresa química sob suspeita de uma Comissão do Senado americano de estarem a cometer um crime muito mais grave que o do assassino de aluguel, traição à pátria e envenenamento potencial dos soldados americanos pelos japoneses que comprarem o gás vendido pela empresa.

Um detalhe é relevante na construção do personagem Raven. Ele é portador de um defeito físico no pulso esquerdo, uma marca visível de um incidente sério que teria sofrido no passado. O defeito é usado pela imprensa para denunciar o assassino. É, literalmente, um "estigma". Por isso, a marca também serve de referência, como uma tatuagem ou uma cicatriz, para a demanda policial de denúncia de seu portador pelos cidadãos que a virem em alguém. E isso ocorre várias vezes no filme, com crianças avisando a polícia que viram o homem com o pulso torto, tal como denunciado no jornal, obrigando o protagonista a fugir o tempo todo. Boa parte do roteiro trabalha o *timing* dessas fugas sucessivas, identificando o espectador com o anti-herói. Esse é um ponto importante, que nos filmes *noir* deixa o espectador derivar "juntamente" com o criminoso (e não necessariamente "contra" ele). Também nesse filme o espectador acompanha Raven fugindo, compreende que ele é um assassino, mas a repulsa moral é principalmente dirigida a Gates, apresentado como um farsante covarde e traidor, e a Brewster, um empresário egoísta traidor da pátria, escondido pela velhice na direção da NitroChemical.

Vamos, então, aos principais momentos do filme que esclarecem – ou melhor, permitem "compreender" – Raven e "acusam" os demais criminosos. Raven e Ellen, sem se conhecerem, estão no trem para Los Angeles, ela para trabalhar na boate de Gates com o objetivo de segui-lo a pedido do Senado e ele também seguindo as pistas deixadas por Gates para recuperar seu pagamento e o matar, vingando-se. Gates, que também está no trem, identifica Raven no carro de passageiros e avisa à polícia. Esse, sentado por acaso ao lado de Ellen (uma ajudazinha do roteiro), a toma como refém e foge mais uma vez, levando-a a um vagão abandonado da estação ferroviária, logo cercado pela polícia. Ela está sob a mira do revólver de Raven, mas mantém a calma. Aparece um gato, Raven o pega e o põe no colo: "É um sinal de boa sorte", diz. Ellen Graham diz: "Esse gato está precisando de um amigo [põe a mão na perna dele]. Você também". Raven afasta-se: "Gatos são sozinhos, não precisam de ninguém", diz. Na sequência seguinte, ele está alisando o gato, com a moça ao seu lado. O diálogo é muito importante para a caracterização de nosso personagem:

> Raven: – Vão entrar de manhã. Cada policial da cidade...
> Ellen: – Sabe, andei pensando numa coisa. A fórmula química. Aposto que sei o que é.
> – O quê?

> – Gás venenoso. Estão vendendo-o para o nosso inimigo.
> – E daí?
> – Amanhã vão enviá-lo em bombas. O café da manhã japonês para a América. Ouviu o que eu disse? É importante. Esta guerra é da conta de todos. Da sua conta também.
> – O sr. Gates ainda está chupando balas de hortelã. *Isso é que é da minha conta.*
> – Pare de pensar em si por um minuto.
> Raven vira-se para Ellen e diz: "*E quem vai pensar em mim?*"

Aqui há outro plano, com uma interrupção do diálogo entre os dois, mostrando trabalhadores que conversam do lado de fora do vagão:

> – Há tiras por todo lado. Gostaria de valer US$ 5 mil, vivo ou morto?
> – Não ia ligar, se estivesse morto. – O gato mia.
> – Ouviu isso?
> – O quê?
> – O miado...
> – Qual é, não pagam por gatos. – E se retiram.
> Ellen: – Largue-o [*ao gato e ao revólver*], eles já foram.
> Raven: – Eu o matei. Ele está morto [*o gato*]. Matei a minha sorte. Você teve a sua chance, gato! *Gostaria de me arrastar com você e dormir*! – Raven vai para a janela e Ellen o segue e põe a mão sobre o seu ombro (compreensiva, protetora).

– Por que não dorme um pouco?
– Não é bom. Eu só iria sonhar. *Sonho toda noite.*
Ele se volta repentinamente para ela e diz:
– *Li em algum lugar sobre um tipo de médico... psicoalguma coisa. Se lhe contar o seu sonho não precisa sonhar mais.*
– Isso mesmo.
– *Você não riria se lhe contasse, não é?* – Seu rosto está transtornado, olhos no vazio. Ellen mexe a cabeça em sinal de "não".
– É uma mulher. Sonho com uma mulher. *Ela costumava me bater. Para tirar o sangue ruim de mim,* ela dizia. Meu pai foi enforcado. Minha mãe morreu logo depois e fui morar com minha tia. *Ela bateu em mim dos 3 aos 14 anos.* Um dia ela me flagrou pegando um pedaço de chocolate que ela estava guardando para fazer um bolo. Um mísero pedaço de chocolate. – Ele demonstra raiva, seus olhos se inundam. *Ela me bateu... com um ferro quente. Arrebentou o meu pulso com ele. Eu peguei a faca. Eu a enfiei...* – Ellen olha para ele – *Na garganta dela. Me puseram um rótulo* [*label*]: "Assassino"! [*killer*]. *Fui posto num reformatório onde apanhava também* – ainda com raiva nos olhos. *Mas fico contente em tê-la matado.* – Olha para Ellen, que o olha sem fazer qualquer movimento no rosto. – *De que adianta? Não posso fazer nada* –ele diz.

Ellen se aproxima, ajoelha perto dele e diz:

> – Pode fazer uma coisa: não matar mais! *Só a está matando de novo, é o que está fazendo*. Não quer pegar o Gates.
> – Quer que lhe mande balas? [*ambíguo*].
> Ellen, segurando nele: – Quero que o faça abrir o jogo, quem está por trás dele, nomes, tudo. Quero uma confissão assinada. É mais importante que matá-lo. É importante para o seu país.
> Raven, afastando-a: – Tire as mãos de mim! Cale a boca! Cuido do Gates ao meu modo!
> – Não, por favor!
> – Afaste-se de mim! Vamos, afaste-se!

Fade out.

Voltaremos ao Phillip Raven após examinarmos o próximo filme.

O BANDIDO NACIONAL

Vejamos a sinopse de "Paraíba: Vida e morte de um bandido", publicada no jornal "Diário da Noite" no ano de seu lançamento (03/05/1966):

> Um perigoso marginal, com mais de uma dúzia de mortes no seu prontuário, perseguido pela polícia, consegue localizar a casa onde está trabalhando sua ex-amasia, Angelina, e a executar

sem a menor piedade. Depois, sempre disparando seu 38, tenta escapar na escuridão da noite; é, no entanto, alvejado gravemente no ombro por um policial e se refugia no campanário de uma igreja. Imediatamente, chegam reforços policiais, comandados pelo comissário Stelio, que cercam a igreja e mantêm o campanário sob vigilância, aguardando o momento em que o marginal tentará sua nova fuga. Essa fuga, agora, um tanto problemática, pois o ferimento recebido por Paraíba é mesmo grave e ali, no campanário, solitário, sentindo-se perdido, [*ele*] começa a rememorar sua vida de crimes... Desde o dia que, num bilhar, matou dois policiais que vinham prendê-lo, até o seu cerco no edifício de apartamentos, onde residia um repórter policial que ele também tentava matar; sua fuga, tendo como escudo uma bonita modelo; sua prisão pelo repórter policial; sua nova fuga – desta vez mais espetacular – do próprio xadrez da Delegacia, levando com ele mais três marginais perigosos: Bira, Cigano e Cabeça de Ovo; sua nova série de assaltos, aterrorizando a população da cidade; sua ligação com Clara, uma super-criminal, com uma quadrilha altamente organizada, que induz Paraíba e seus homens a empreenderem um audacioso assalto ao Estádio do Maracanã, no dia do jogo Brasil e Rússia, para se apossar dos muitos milhões de renda desse jogo; a traição de Angelina, contando à polícia a sua intenção de assaltar o Maracanã, fazendo essa confissão

> levada pelos ciúmes despertados com as ligações amorosas de Paraíba e Clara; o extermínio da quadrilha, no próprio Maracanã, pela chegada da polícia; e, afinal, sua vingança, conseguindo matar Angelina... Paraíba é um criminoso frio, selvagem sem a menor dose de sentimento. No entanto, em seu coração está encerrado um terrível segredo, que ele acaba, em sua agonia, confessando ao padre da igreja.

A construção do personagem de Paraíba parece mais simples que a de Phillip Raven. A começar pelo nome, ou melhor, apelido. Não sabemos de seu verdadeiro nome, apenas sua alcunha criminal, que faz referência a sua condição de migrante nordestino de origem pobre. Ele dirá como se chama verdadeiramente apenas a um jornalista, numa sequência que recordaremos mais à frente. Ele é apresentado jogando sinuca num botequim, com roupas simples, camisa de mangas levantadas, sorriso de esperteza nos lábios, representando o tipo social do malandro, quando a polícia chega ao boteco. Sua vida é contada em *flashback*, ele ferido mortalmente, escondido no campanário de uma igreja. Ele a vai relembrando, mas não sua vida pregressa, apenas a de bandido; quase nada sabemos de antes. E da vida de bandido conheceremos apenas as semanas recentes de sua vida, contadas em confissão ao padre.

Após matar Angelina, Paraíba é perseguido e ferido gravemente por dois policiais militares. Refugia-se, então, em uma igreja próxima. Os policiais tentam encontrá-lo no interior da igreja, mas são interrompidos pelo padre (Ítalo Rossi), que lhes pede que respeitem o lugar sagrado. Não demora e a igreja será cercada pela polícia e o delegado tentará romper a resistência do padre, que quer atender ao pedido de Paraíba para confessar-se. O bandido, refugiado no campanário, com o rosto esgarçado de dor, vê o que se sucede lá fora, volta a se sentar no chão com o revólver na mão e inicia um monólogo pensado: "Eu, Paraíba, numa igreja. A vida inteira fugindo de igrejas e acabo escondido numa dessas. Pelo menos serve para me lembrar das coisas. Sabem que eu tenho um amigo de verdade, o 38". Com uma mão, segura o revólver e com a outra começa a puxar a corda e tocar um dos sinos, enquanto ri de dor e de nervoso.

Todo o filme se desenvolverá entre o que acontece na igreja, com o comissário Stelio (Antonio Patiño) tentando acabar com Paraíba, o padre resistindo e tentando dar-lhe a confissão (e o convencer a entregar-se) e o longo *flashback* de seus últimos dias, rememorado pelo bandido mortalmente ferido e escondido no alto do campanário. O *flashback* começa com Paraíba num bilhar. Um dos jogadores faz sinal e dois policiais entram, ambos de terno. Abordam-no por trás: "Acabou a partida, Paraíba!" "Quem, eu?", pergunta ele. "Vocês estão enganados, eu sou o Zezinho, podem perguntar à turma aí que me conhece". Pedem os documentos; ele os deixou em casa. "Quer brigar?", pergunta um dos policiais e lhe aponta uma arma. "Não adianta, Paraíba, esta navalhada no pescoço, está na cara!" "Quem foi o caguete?", pergunta ele. O policial, então, sacaneia o delator, olhando para ele e o revelando ao dizer: "Um cara seu amigo!" Paraíba: "deixa de marra, que amigo?" olhando para ele. Aproveita o momento e foge atirando (o balconista do bar lhe passa a arma e ele atinge o policial).

No campanário, puxando as cordas dos sinos e gargalhando com a lembrança dessa fuga, Paraíba contorce o rosto de dor. Voltamos à cena da tentativa de homicídio dos policiais, no bilhar, que são retirados em maca para uma ambulância. Jornalistas são vistos na área e a câmera escolhe um, Marcio (Jardel Filho) e o acompanha. O comissário aparece e diz: "A ordem é pegar o Paraíba". Marcio pergunta: "Vivo?" O comissário: "O que é que você acha?" Os jornais noticiam a fuga.

Na redação do jornal, o chefe de reportagem, Monteiro (Fregolente), diz para Marcio: "Paraíba é criminoso nato, duvido que se entregue". Marcio propõe-se a intermediar a rendição, garantindo ao bandido que ele não será morto. Diz a Monteiro: "Não custa nada tentar, custa?". Diz que escreveu uma carta aberta a Paraíba para ele se entregar em sua casa ou na redação e que ele estaria vivendo um drama terrível, caçado como um animal, e convence Monteiro, que publicará na primeira página a história de Paraíba, "condenado à morte".

Enquanto isso, o criminoso mata Boquinha, aquele que, no bilhar, o delatou à polícia. Já em seu barraco, Paraíba pede para sua amante (a mesma Angelina que ele mata no início do filme) que leia mais uma vez para ele a manchete com a morte do alcaguete. Ela reclama que já leu três vezes (ali, fica implícito que Paraíba é analfabeto), mas lê: "A polícia redobra os seus esforços para capturar o perigoso marginal... é esperada a qualquer momento a sua prisão". Ele diz: "Palhaços! Vou mostrar a eles quem é o Paraíba! Vou dar uma lição nesse palhaço que escreveu no jornal para eu me entregar". A mulher tenta convencê-lo de que pode ser uma saída se render, mas Paraíba só confia em seu revólver. Condenado a mais de 100 anos, mais 30 não alterarão nada. Diz que vai dar uma lição no cara.

Quando o jornalista Marcio chega à garagem de seu prédio, o protagonista o rende e o leva a seu apartamento. O repórter não reage e tenta insistir em sua proposta. Paraíba, então, se apresenta:

Antônio dos Santos, para você. Marcio promete que ele terá um julgamento, mas o outro desconversa: "Já levei muita bordoada de polícia, eles agora querem me arrancar o couro". "Sou seu amigo", diz o homem da imprensa, para ouvir: "Isso é para os trouxas, nunca tive amigo!". Marcio se propõe a ajudá-lo a distinguir entre o bem e o mal, ajudá-lo a reintegrar-se (desde que ele o ajude na reportagem). Paraíba responde: "Ê, cara, não vem com essa conversa mole que eu não entendo. Eu vim aqui pra te despachar". O personagem de Jardel Filho, então, responde: "Tá bom, mas antes você vai me deixar sentar ali na máquina de escrever, você vai me contar toda a sua vida".

> – Pra quê?
> – Para que o público conheça a sua verdadeira história, por que você seguiu o caminho errado...
> – Bobagem. Eu te meto uma bala agora!
> – E a sua consciência?
> – Quê? Eu nem sei o que é isso.
> – Eu sei que você sabe! *Eu não acredito em criminoso nato!* Você chegou a frequentar uma escola, Paraíba?
> – Que que há, meu caro, tá me gozando? Meu pai não tinha dinheiro nem para a comida dos filhos, como é que ia me botar na escola? É por isso que eu deixei a Paraíba. Estava cansado de passar fome!

> – Posso escrever?
> – Sabe de uma coisa? Vai escrevendo... *Não me arrependo de nada do que fiz até agora.* Pra você ver que não me arrependo daquele troço que você falou, como é mesmo, consciência? Nem um pingo. Quando cheguei aqui no Rio, comecei a passar mais fome que na Paraíba. E fome, seu moço, obriga a fazer coisa que não deve. Primeiro roubei comida pra matar a fome. Depois o negócio foi fácil... – Ele passa a recordar dentro da recordação o seguimento da narrativa, o seu primeiro assalto com morte a um casal dentro de um carro.

O diálogo é importante para a caracterização de nosso personagem. Ficamos sabendo agora que Paraíba, na verdade é o Antônio dos Santos ocultado pela "sujeição criminal"[4]; que migrou da

---

4 O conceito de sujeição criminal é explorado por Michel Misse desde sua tese de doutorado, de 1999, lançada em livro finalmente em 2022. Trata-se de uma representação a respeito de certos sujeitos fundada em uma associação fundamental entre sua identidade e o crime, representação essa de tal forma poderosa que pode chegar muitas vezes a se efetivar para o próprio sujeito, ou, nos termos do próprio autor, de uma "expectativa de um certo tipo de experiência social esperada dos agentes acusáveis, de sua subjetividade e posição social" (Misse, 1999, p. 44). Misse distingue três diferentes fenômenos relativos à prática de processamento criminal: a "criminalização", processo segundo o qual se cria uma tipificação legal definindo certa prática como crime; a "criminação", quando se toma uma ação em uma situação concreta e se a reconhece como caso particular daquela categoria criminal; a "incri-

Paraíba (daí seu apelido) por causa da pobreza da família ("não tinha dinheiro nem pra comida...") e da falta de perspectivas ("como é que ia me botar na escola?"), veio para o Rio, onde começou a "passar mais fome que antes" e "fome obriga a fazer coisa que não deve". Temos aqui três temas: o migrante, a fome e suas estratégias de sobrevivência e a falta de escolaridade, que dificulta a integração no mercado formal de trabalho. Temos diante de nós o deslocamento do "criminoso nato" para a "pobreza", isto é, de Lombroso para as condições sociais, assim como Raven antes deslocara sua crueldade e frieza para a psicologia. Voltaremos a esses pontos mais à frente.

Paraíba, na continuação do diálogo com Márcio, diz que "gostou de matar e continua gostando". Passa a falar do pai, que ele era trabalhador na enxada, e da mãe, de que todos iam à igreja todo

minação", momento em que se conclui que uma pessoa praticou aquele ato criminalizado, um crime, e que portanto deve ser responsabilizada por ele (o que idealmente seria feito por meio de uma investigação cuidadosa). Na sujeição criminal, dá-se uma espécie de antecipação e inversão desse processo por incriminação prévia ou preemptiva, baseada em certos princípios culturalmente, estruturalmente arraigados e segundo a qual certas categorias sociais são pressupostas como criminosas prováveis, o que no caso do Rio de Janeiro (e, pode-se dizer, do Brasil em geral) é muito tipicamente feito com negros, moradores de favela, essas localidades e suas proximidades etc. Para mais a respeito, ver Misse (2010, 2018). (Nota dos organizadores).

domingo. Paraíba diz que não vai (ia) à igreja, "que é coisa de mulher". Nesse momento, tocam a campainha. É um policial, que chega na hora errada à casa do jornalista. Paraíba se sente traído, atira no policial. Interrompe-se a recordação e a narrativa. Nova fuga, fazendo uma moça do prédio de refém. Nova perseguição, nova evasão.

O filme retorna à igreja, ao campanário. Paraíba, com muita dor, levanta-se e olha a chegada de mais policiais, que montam um holofote para iluminar o campanário. O padre pede ao delegado que a igreja seja respeitada. O comissário de polícia responde ao padre que "a Igreja será respeitada, mas [que] o Paraíba não é mais um ser humano, é uma fera sem escrúpulos e sem sentimentos e [que] nunca poderemos saber o que esta fera poderá fazer".

A cena volta para o criminoso no campanário tentando acertar uma pomba com o revólver e rindo da situação, histericamente, e atirando várias vezes, chamando a atenção da polícia lá embaixo. Está a ponto de desmaiar, pega na corda e começa a tocar o sino, dois sinos, badaladas.

O restante da metragem pouco acrescenta à caracterização do personagem. Paraíba se aproximará de Dona Clara (Darlene Glória), com quem terá um caso amoroso, o que despertará os ciúmes de Angelina e a levará a delatar o plano que uniu os dois amantes: assaltar a renda do Maracanã durante o jogo Brasil x Rússia (trechos do jogo real, aliás, são utilizados na montagem do filme). Com a delação, vários dos membros da quadrilha são presos ou mortos, como a própria Clara, Bira (Milton Gonçalves) e Juca (Sadi Cabral). O filme termina com a morte de Paraíba, após confessar-se ao padre (Ítalo Rossi). Voltaremos a analisar outras sequências e diálogos, favorecendo agora uma análise comparativa entre os dois filmes.

ESTIGMAS, TRAMAS E RESOLUÇÕES

Raven tem o punho torto; Paraíba, uma navalhada no pescoço. Ambos os estigmas os denunciam como criminosos, perseguidos pela polícia, sempre em fuga. A denúncia do jornal com base no pulso quebrado diz: "*Man with this wrist*" ["Um homem com esse pulso"], referindo-se a uma foto do pulso torto que acompanha a notícia, enquanto no jornal brasileiro aparece" "Paraíba foge novamente". No primeiro caso não há identificação, no segundo já há, o bandido já é conhecido. E também é reconhecido por portar uma cicatriz, a navalhada. Perseguição e fugas, uma vida em fuga: a sujeição criminal – lidar com a delação e com a polícia, com a desconfiança e a traição. A insistência do comissário de polícia sobre a irrecuperabilidade da "fera" em que se transformou Paraíba não encontra qualquer paralelo no filme em que Phillip Raven é tratado como um criminoso, um assassino cruel a ser punido, mas não como uma fera irrecuperável[5]... Não há qualquer metáfora desse tipo no filme americano. As tramas que complexificam o filme de Frank Tuttle (a traição à pátria pelo capitalista inescrupuloso, a covardia e as duas caras de Gates, a missão de Ellen Graham de segui-lo para informar ao Senado, seu noivado com o detetive que persegue Raven) acabam servindo,

---

5 A irrecuperabilidade se manifesta em vários filmes do universo *noir*, em geral, em um jogo de oposições, notadamente em oposição ao amor, ou em composição com o amor, em momentos em que o anti-herói e a *femme fatale* constatam que são dois irrecuperáveis e por isso mesmo, farinhas do mesmo saco e feitos um para o outro. Vez por outra, o amor acaba por recuperar a ambos, mas os personagens mergulharão em um jogo de afastamento do outro, afirmando justamente "não ter jeito" ou "não haver esperança para [si]". Apesar disso, a irrecuperabilidade na narrativa *noir* é de tipo trágico, da escolha que leva ao destino fatal, e não do tipo reificado do criminoso "monstro". São, portanto, irrecuperabilidades distintas as desse mundo e a do mundo de Paraíba. O crime no filme *noir* é pretexto para examinar escolhas trágicas e fatalidades e não para acusar os personagens. No caso da mulher fatal parece haver uma "queda" para acusá-la de responsável por tudo, mas ela opera pela sua fascinação sobre o outro, enquanto seus objetivos egoístas, banais (matar o marido, dar um golpe, etc.) a transformam em uma vítima involuntária de sua própria ambição. Estamos, então, distantes da sujeição criminal nesse mundo.

ao final, para transformar o anti-herói Raven em herói trágico. Vítima de uma tia hostil, que o espancava e que o torturou com um ferro quente em seu pulso esquerdo, deixando-o permanentemente marcado, em resposta ele cortou a garganta dela e passou o restante de sua infância em reformatórios. O que se seguiu foi uma vida de assassinatos e crimes cruéis. Antônio dos Santos, transformado em Paraíba no Rio de Janeiro, conheceu a fome tanto em seu estado natal quanto no Rio para o qual migrou em busca de alternativas, que não encontrou a não ser no assalto à mão armada e no assassinato. Tanto num caso quanto no outro, ficamos sabendo de um processo de subjetivação marcado pela violência – interpessoal e depois institucional em Raven, social em Paraíba.

Em que sentido, nos dois filmes, a resolução do roteiro com a morte do principal protagonista, "suspende" o aprofundamento demandado pelas próprias histórias? Afinal, por quê interpor na narrativa uma "compreensão" das razões que levaram os dois personagens, cada um a seu modo, a se tornarem o que foram, se era "preciso" matá-los ao final? Eles não poderiam fugir definitivamente, com certeza, mas não poderiam ser presos e condenados, ou até mesmo indultados pela "compreensão" de seus motivos? Que significado têm a interposição dos "motivos" antes de seu indispensável sacrifício?

UMA MEIA DESCULPA E A IMPOSSIBILIDADE DE JUSTIFICAÇÃO

Raven é um assassino solitário, porque foi violentado e não parou mais de violentar os outros. Paraíba é bandido porque era miserável, tinha que se virar sozinho e não frequentava igrejas... O deslocamento do "criminoso nato" lombrosiano para as condições sociais (a crueldade na infância órfã de Raven, a miséria da família de Paraíba) e para a psicologia (a fixação no trauma de Raven, o prazer de matar de Paraíba) não eludem a marca de suas diferenças em relação ao homem "normal", pelo contrário, as acentuam. A literatura sociológica e psicológica tem ressaltado que a transição dos fatores criminógenos, de uma causalidade genética anatomicamente classificável, como em Lombroso, para causas sociais e psicológicas, não consegue evitar a manutenção de uma diferenciação essencial entre criminosos e não criminosos. A diferença não resulta objetivamente do fato de que cometeram crimes, mas do fato de que, espera-se, continuarão a cometê-los, tendem a cometê-los, estão destinados a isso. Não se trata apenas de que sua punição é esperada por terem cometido crimes, mas de que, espera-se, que sua punição os incapacite a continuarem a cometer crimes. Há aí um processo social pelo qual (in) forma-se às suas subjetividades que seus crimes, inclusive os futuros, resultam de algo inexorável ocorrido em suas biografias, das quais não podem livrar-se facilmente pois lhe foram constitutivas de seu caráter, de sua personalidade. Assujeitados a essa condição, espera-se que sejam capazes de libertarem-se com a prisão ressocializadora ou com a conversão religiosa[6]. Do contrário, ficarão para sempre aprisionados a essa condição, uma condição que os obrigará a fugir o tempo todo para não serem novamente capturados ou mortos.

Entretanto, há diferenças significativas na construção de nossos dois personagens quanto ao processo de sujeição criminal. A câmera é objetiva nos dois filmes e, embora crie simpatia por Raven e algum grau de compreensão por Paraíba, não deixa de entregá-los à morte. Esta, de certo modo, "limpa" a parte "suja" do roteiro, extingue a sujeição criminal de Paraíba e alivia a biografia de Raven, pondo-o, ao final, numa cruzada heroica, em que morre porque, após vingar-se de Gates, decide cumprir a promessa feita a Ellen Graham de

6 Sobre esse processo social, que chamei de sujeição criminal, ver Misse (1999; 2018) e Teixeira (2013).

não voltar mais a matar. Bom sujeito, não? Livrou-se do sonho que o persegue sem precisar fazer psicanálise... A meia desculpa, de caráter psiquiátrico, foi capaz de atenuar – juntamente com as demais tramas que o envolveram – a sua não sujeição: ele se liberta, ao final, ainda que morrendo. Ele se redime. Curiosamente o filme ganhou, em alguns países, um título sintomático dessa implícita justificação: no Brasil, "Alma torturada"; no México, "Alma atormentada". Nos EUA, um dos títulos trabalhados foi "*The Redemption of Raven*".

Já para Paraíba a meia desculpa da fome não colou muito, sua violência não encontra justificação[7] e ele sabe disso, por isso repete ao jornalista que "gostou de matar", que não se arrepende do que faz, como que a sublinhar não apenas sua irrecuperabilidade para a sociedade como também seu apego ao papel, ao seu tipo social marginal. Seu cinismo esgota todas as possibilidades de justificação para seus atos, ele é o sujeito criminal por excelência, aquele que não precisa nem mesmo de meias desculpas. Ao fim, quer apenas confessar-se, desesperado diante da dor que antecipa sua morte. É interessante observar o quanto o ator

---

7 Sobre a questão dos relatos justificadores e do uso das desculpas na interação social, o trabalho mais completo é Werneck (2012).

Jece Valadão impregna esse e outros personagens em que representa bandidos[8] com um cinismo análogo, sem perdão. Os filmes brasileiros não apenas representam o bandido tal como representados pela imprensa da época, como também, pedagogicamente, reproduzem essa representação de modo a encerrar o criminoso de origem pobre, migrante ou não, nesse estereótipo inexorável, o de um tipo social. Não há singularidades, como no caso de Raven; todos estão sob uma caracterização típica, que se repete até mesmo com seus cúmplices – no caso de Paraíba, os personagens de Bira, Cabeça-de-Ovo, Mudinho etc.[9].

---

8 A construção do personagem de bandido por Jece Valadão merece um estudo à parte. A verossimilhança com a representação social do que seja um "bandido" no Rio de Janeiro da época (décadas de 1940 a 1970) identificou o ator de forma permanente com o tipo social que representou em vários filmes: desde o malandro de "Os cafajestes" (1962); o promotor do Jogo do Bicho em "Amei um bicheiro" (1952), "Boca de Ouro" (1963), e "Deu águia na cabeça" (1984); o marginal do morro em "Paraíba, vida e morte de um bandido" (1966), "Mineirinho vivo ou morto" (1967), "A lei do cão" (1967) até "Eu matei Lúcio Flávio" (1979), como um policial corrupto. Como seu protótipo da sujeição criminal, o ator converte-se ao pentecostalismo, torna-se pastor e afirma que o "Jece Valadão morreu há dez anos, e eu renasci espiritualmente" (Ver em: https://pt.wikipedia.org/wiki/Jece_Valad%C3%A3o, em 5/12/2020).

9 Uma possível exceção talvez seja o personagem de Tião Medonho, o bandido de "Assalto ao Trem Pagador" (1962), interpretado por Eliezer Gomes.

O ESTADO SEMPRE ATRÁS: FUGAS E DESAMPARO

Mas antes de morrer, nossos personagens fogem. Fogem várias vezes, em sequências que nos fazem lembrar que não podem mesmo ter uma vida normal, pois, sendo perseguidos, precisam fugir sempre ou enfrentar a tiros seus perseguidores. Paraíba é mostrado matando policiais e muitos outros que se interpõem em seu caminho; Raven é mostrado usando mais de astúcia que de violência em suas fugas, mas sempre preparado para matar, se preciso.

Grande parte dos roteiros se esmera em mostrar essas fugas, algumas verossímeis, outras nem tanto. O escape interessa ao drama, nesse caso, tanto quanto interessa aos próprios fugitivos. A perseguição é dupla: nós, os espectadores, também somos postos nessa aventura, seja como perseguidores, seja como perseguidos, a depender das identificações.

Se a unidade de análise é o bandido, como fica o dispositivo encarregado de incriminá-lo, o Estado e seus representantes? Como ele comparece nos dois filmes? No filme americano, ele é encarnado por um detetive, Crane (Robert Preston), noivo de Ellen Graham, mas também pelo Senador Burnett, que participa de comissão parlamentar que investiga a venda ao inimigo de segredos militares. Burnett aparece rapidamente, mas sua aliada é Ellen, a quem pediu que seguisse Gates. O detetive está atrás das notas "frias" que Gates usou para pagar e incriminar seu assassino de aluguel. Assim, o filme americano tem duas espécies de criminosos perseguidos pelo Estado, o assassino de aluguel, perseguido por um detetive da polícia, e os contrabandistas traidores da pátria, perseguidos por uma comissão do Senado e por sua representante local, a graciosa mágica e cantora Ellen Graham. No final, todos se encontram: Raven vinga-se matando Gates, a polícia mata Raven (que não foge e não empunha mais a arma), Brewster, o dono da empresa de química é preso e o detetive fica com sua noiva, para o *happy end* normal da época.

No filme brasileiro, o Estado é representado pelo Comissário Stelio (Antonio Patiño) e, de certa forma, também pelo jornalista Márcio (Jardel Filho). Stelio quer pegar Paraíba de qualquer jeito, vivo ou morto; Márcio o quer como entrevistado de primeira página. Stelio não tem qualquer ilusão quanto a seu alvo – "Paraíba não é mais um ser humano, é uma fera sem escrúpulos e sem sentimentos e nunca poderemos saber o que esta fera poderá fazer". Em contraparte, o repórter tenta que seu entrevistado se entregue, promete garantias de que ele não será morto, pois "não acredita em criminoso nato", quer que ele lhe conte a sua vida para que o público saiba "porquê tomou o caminho errado". Nenhum dos dois alcança seus objetivos, pois Paraíba morre, na igreja, da hemorragia provocada pelo tiro certeiro que recebeu de um policial militar quando fugia após o assassinato de Angelina. Morre tentando confessar-se ao padre, no mesmo campanário em que se refugiou. Não tinha mais saída, ou escapatória. O Estado o encurralou quando já estava quase morto. Sua morte retira qualquer sentido à continuidade do filme, o filme termina bruscamente nessa cena, assim como a sua vida.

Como fica o tema da sujeição criminal nesses dois filmes? Ambos os personagens estão lançados no desamparo mais profundo, um por ter adotado a violência física e brutal que sofreu na infância como sua principal orientação de sentido, sua força de trabalho de aluguel; o outro por ter adotado o roubo e o crime violento como seu meio de vida. Raven é apresentado como um homem discreto, bem-vestido, frio e calculista, mas relativamente ingênuo: ao aceitar as notas "frias" de Gates pelo trabalho executado só lhe resta, em seu desamparo, ameaçar Gates de vingança caso o dinheiro não valha nada, como ocorreu. Identifica-se com os gatos, mas quando mata um deles vê sua sorte ir embora e deseja arrastar-se até ele e "dormir". O roteiro o trata como um homem psicologicamente dividido entre sua própria violência e o desejo de abandoná-la. Em certo entrecho, após narrar a Ellen o sonho que o persegue e o que lhe aconteceu na infância, termina por prometer a ela que não matará mais. Deixa entrever que quer fugir de si, que quer, como disse, "dormir" (morrer) como o felino que matou. Resiste a pensar-se como um sujeito mau. Redime-se, ao final, quando recusa matar Michael Crane, o namorado de Ellen. E lhe pergunta, nos estertores: "Fiz o que você queria?". Ellen faz que sim com a cabeça e ele sorri e morre.

Paraíba é apresentado como um marginal, vive num barraco na favela, não frequentou escolas, é um assaltante cruel que não tem nada de ingênuo, mata sem arrependimento. Monta uma quadrilha influenciado por uma criminosa rica, Dona Clara (Darlene Glória), que tem um plano de um grande e ousado assalto, mas precisa da violência que Paraíba e seu grupo podem oferecer. A amante do personagem, Angelina Dora, enciumada de Clara e abandonada por ele, procura a polícia e delata o planejado crime. Com a delação, os agentes da lei conseguem preparar-se e flagrar a quadrilha, matando quase todos quando reagiram. Apenas Paraíba consegue fugir da operação e se vingar da amante, quando também é ferido mortalmente.

Não há nuances em sua personalidade; mesmo quando o jornalista Márcio pretende fazê-lo contar a sua vida, ele tenta repelir a ideia, diz que não se arrepende de nada, que gostou de matar na primeira vez e continua gostando. Não é uma profissão violenta, como a do assassino de aluguel; tirar vidas é um prazer sádico. Paraíba é apresentado caído de dor no campanário tentando acertar com seu revólver uma pomba que se refugia num sino da igreja. Ri quando a acerta. Nos estertores, só lhe resta, como último vínculo com os pais, que eram religiosos, a busca desesperada da confissão antes de morrer. Inteiramente assujeitado à sua vida de crimes, não é apresentado no filme como um homem dividido em busca de uma saída, mas como um bandido completo, cuja única fuga possível é se manter vivo a qualquer custo para continuar a praticar os seus crimes. Não há redenção possível para Paraíba e nem ele a quer.

REFERÊNCIAS

BORDE, Raymond; CHAUMETON, Etienne. *Panorama du film noir américain*. Paris: Minuit, 1955.

KEANEY, Michael F. *Film Noir Guide:* 745 Films of the Classic Era, 1940-1959. Jefferson (EUA): McFarland & Company, 2003.

MISSE, Michel. *Malandros, marginais e vagabundos:* A acumulação social da violência no Rio de Janeiro. Rio de Janeiro: Lamparina, 2022[1999].

MISSE, Michel. *Crime, sujeito e sujeição criminal:* Aspectos de uma contribuição analítica sobre a categoria bandido. Lua Nova: Revista de Cultura e Política, n. 79, pp. 15-38, 2010.

MISSE, Michel. *Una identidad para el extermínio:* La sujeción criminal y otros escritos. Temuco (Chile): Universidad de la Frontera, 2018.

TEIXEIRA, Cesar Pinheiro. *A teia do bandido:* Um estudo sociológico sobre bandidos, policiais, evangélicos e agentes sociais. Tese (doutorado), PPGSA, UFRJ, 2013.

WERNECK, Alexandre. *A desculpa:* As circunstâncias e a moral das relações sociais. Rio de Janeiro: Civilização Brasileira, 2012.

SOBRE OS AUTORES

GABRIEL FELTRAN é *directeur de recherche* do Centre National de la Recherche Scientifique (CNRS) e professor titular no Centre d'Études Européennes (CEE) do Institut d'Études Politiques de Paris (Sciences Po), na França. É doutor pelo Programa de Pós-Graduação em Ciências Sociais (PPGCS) da Universidade Estadual de Campinas (Unicamp), com estágio doutoral na École des Hautes Études en Sciences Sociales (EHESS), e mestre pelo Programa de Pós-Graduação em Ciência Política (PPGCP) da Unicamp. Foi professor do Departamento de Sociologia da Universidade Federal de São Carlos (UFSCar) (2009-2022), diretor de pesquisa do Centro de Estudos da Metrópole

(CEM) e pesquisador do Núcleo de Etnografias Urbanas do Centro Brasileiro de Análise e Planejamento (Cebrap). Foi também pesquisador visitante na Universidade de Oxford e no Goldsmiths College (2019), na Universidade Humboldt (KOSMOS Fellow, 2017) e no CIESAS México (2015). Organizou o livro "Stolen Cars: a Journey through Sao Paulo's Urban Conflict" (Wiley SUSC series, 2022) e é autor de "The Entangled City: Crime as Urban Fabric in São Paulo" (Manchester University Press, 2020) e "Irmãos: Uma história do PCC" (Cia das Letras, 2018), adaptado para a série documental "PCC the Secret Power" (HBOMax, 2022).

MICHEL MISSE é membro permanente do Programa de Pós-Graduação em Sociologia e Antropologia (PPGSA) da Universidade Federal do Rio de Janeiro (UFRJ), professor visitante do Programa de Pós-Graduação em Justiça e Segurança Pública da Universidade Federal Fluminense (UFF). É professor titular aposentado do Departamento de Sociologia da UFRJ e coordenador geral do Núcleo de Estudos da Cidadania, Conflito e Violência Urbana (Necvu), da mesma universidade, e editor de Dilemas: Revista de Estudos de Conflito e Controle Social. É doutor e mestre em sociologia pelo Instituto Universitário de Pesquisas do Rio de Janeiro (Iuperj) e tem graduação em ciências sociais pela UFRJ.

Sua tese, "Malandros, marginais e vagabundos: A acumulação social da violência no Rio de Janeiro" (1999), é considerado um dos trabalhos fundamentais da sociologia do crime e da violência urbana no Brasil e publicou vários artigos e livros fundamentais para a área, como o autoral "Crime e violência no Brasil contemporâneo: Estudos de sociologia do crime e da violência urbana" (2006) e as coletâneas "Acusados e acusadores: Estudos sobre ofensas, acusações e incriminações" (2008), "Conflitos de grande interesse: Estudos sobre crimes, violências e outras disputas conflituosas" (2012, com Alexandre Werneck) e "Mercados ilegais, violência e criminalização" (2018, com Sergio Adorno).

1ª EDIÇÃO	FEVEREIRO 2024
IMPRESSÃO	ESKENAZI
PAPEL MIOLO	PÓLEN BOLD 90G/M^2
PAPEL CAPA	CARTÃO SUPREMO 300G/M^2
TIPOGRAFIA	BAMBOOK E GUARDIAN